AF397845

Sinulle, lukija

E.K. Paakkanen

Lopun alkuja

kepeä tarina eräästä elämästä kuoleman jälkeen

Kannen suunnittelu: E. K. Paakkanen

Kannen kuva: Goochie Poochie Grooming sivustolta Pexels
Sisuksen taitto: E. K. Paakkanen

Kustantaja: BoD – Books on Demand, Helsinki, Suomi
Valmistaja: BoD – Books on Demand, Norderstedt, Saksa

ISBN: 978-952-80-8207-1

Kirjailija haluaa sekä maallisten että taivaallisten suhteittensa ylläpitämiseksi painottaa, että kirja sijoittuu kuvitteelliseen maailmaan ja teos on kokonaisuudessaan fiktiota ja kirjoittajan mielikuvituksen tuotetta. Kaikki kirjan mahdolliset yhtäläisyydet luonnollisiin tai yliluonnollisiin henkilöihin ovat täyttä sattumaa.[1]

---

1 Lukuun ottamatta ehkä kirjailijan passiivis-aggressiivista orkideaa, joka oltuaan vuoden satunnaisella kastelulla ja pudottuaan ainakin neljästi lattialle alkoi kirjailijan mielestä kukkia ihan vaan voidakseen katsoa kirjailijaa pilkukkailla terälehdillään arvostelevasti.

1

Eeva avasi silmänsä. Tai tässä vaiheessa oikeastaan pitäisi ehkä sanoa, että hän avasi parhaimman vastineensa näköelimille, jotka hänellä tällä hetkellä oli. Eeva oli nimittäin kuollut ja tämän syntymässään saamansa iirikset olivat parhaillaan ruumishuoneella Eevan muiden maallisten jäännösten kanssa odottamassa seuraavaa vaihetta elämän kiertokulussa. Eevan sarveiskalvot taas olivat jatkaneet elämäänsä sen ansiosta, että Eeva oli tehnyt elintenluovutustestamentin (osittain halustaan auttaa muita ihmisiä kuolemansa jälkeen, mutta suurimmaksi osaksi siksi, että hän oli lukenut pienenä serkultaan lainaamaa *noidan käsikirja* -kauhuromaania ja pelännyt siitä lähtien tulevansa haudatuksi elävältä). Niinpä Eevan sarveiskalvot olivat jatkaneet maallista vaellustaan erään eläköityneen oopperalaulajan silmissä, missä ne parhaillaan katselivat vanhalta vhs-kasetilta erästä Chippendales-tanssiryhmän jäsentä, jonka vaatteiden määrä olisi epäilemättä saanut Eevan mummon ennustamaan nuorelle miehelle varsin nopeaa ja kivuliasta virtsatieinfektiota.

Eeva oli kuitenkin toistaiseksi autuaan tietämätön hänen maallisten jäännöstensä tilasta kun hän silmäili yllään avautuvaa pastellinsinistä taivasta. Näky oli mitä seesteisin, mutta hän tunsi silti jonkin asian olevan hieman oudosti. Hänen päänsä tuntui omituisen sumuiselta, aivan kuin hän olisi herännyt kesken syvän unen, eikä ollut aivan varma missä hän oli tai oliko hän hereillä lainkaan.

Tunne ei sinänsä ollut uusi, sillä Eeva oli nähnyt runsaasti valveunia jo pienestä pitäen. Edellisellä viikolla hän oli nähnyt unen, jossa hän oli ollut töissä. Unessa Eeva oli tuntenut itsensä todella väsyneeksi ja halunnut vain lähteä kohtiin, mutta jostain syystä hänen oli istuttava sinertävän harmaalla sermillä erotetussa työpisteessään värittämässä kuvaa pääsiäispupusta. Hetken väritettyään Eeva oli alkanut miettiä, voisiko hän vain jättää työn kesken, käyttää saldovapaataan ja lähteä kotiin. Eeva oli yrittänyt katsoa tietokoneestaan kelloa, mutta ei kerta kaikkiaan saanut näpyteltyä koneensa salasanaa. Silloin Eevan järki oli herännyt, ja esittänyt varsin varteenotettavan kysymyksen siitä, oliko kaikki sittenkin vain unta. Eeva oli nojannut unituolissaan taaksepäin ja katsellut ympärilleen. Työpiste oli näyttänyt kyllä hänen omaltaan, koneen nurkalle unohtunutta käytettyä teepussia myöten. Hän oli myös katsonut näppäimistöllä lepääviä käsiään. Ne olivat näyttäneet myös tutulta. Eeva oli pystynyt näkemään ihon jokaisen uurteen ja juovan, joita hän ei olisi itse osannut kuvitella ulkoa, vaikka hän valveilla yrittäisi. Toisessa sormessa oli ollut jopa paperihaava, jonka hän oli saanut edellisenä päivänä arkistoidessaan kirjeitä. Eeva oli ajatellut hieman närkästyneenä, että jos hän todella näki unta ja hänen mielensä pystyi muistamaan eideettisesti hänen sormiensa ihohuokosten kuviot, miksi hän vähintään joka toinen kerta unohti aina ostaa kaupasta sen asian, jota oli lähtenyt hakemaan.

Unessa Eeva oli ensin silittänyt toista kättään. Hän oli tuntenut käden lämmön ja kosketuksen ihollaan. Sitten hän oli nipistänyt itseään. Hän oli tuntenut kyllä kivun, mutta hän ei edelleenkään ollut herännyt. Eeva oli kumartunut varmuuden vuoksi väritystyönsä ääreen yrittäen samalla kuumeisesti miettiä, mitä muita keinoja olisi selvittää, näkikö hän unta. Hän oli päättänyt tehdä tilanteesta loogisen arvion. Yksi: pääsiäispupun värittäminen ei kuulunut varsinaisesti hänen työkuvaansa. Oli kaiken kaikkiaan hyvin omituista, että isossa firmassa, jonka määräaikaisten työsuhteiden ketjun varassa Eeva oli valmistumisensa jälkeen onnistunut roikkumaan jo kolmatta vuotta, pääsiäispupun värittäminen kuuluisi ylipäätään kenenkään kiireisiin työtehtäviin. Tämä puoltaisi johtopäätöstä, että Eeva tosiaan näki unta. Kaksi: Eeva oli tunnollisena suorittajana kerryttänyt itselleen jo kolminumeroista lähentelevän summan työaikasaldoa, jonka hän voisi periaatteessa käyttää jättämällä työnsä kesken ja lähtemällä kotiin, vaikka ei näkisikään unta.

Eeva oli ollut jo nousemassa tuoliltaan, kun hänen tajuntaansa oli noussut kahta entistä huomattavasti painavampi kohta numero kolme: Jos hän ei näkisikään unta, hän antaisi varmasti itsestään huonon kuvan lähtemällä töistä etuajassa. Ehkä kaikki pian huomaisivat, että hän oli perimmäiseltä luonteeltaan joko laiska tai huithapeli, niin kuin hänen äitinsä ja mummonsa häntä nimittivät.

Eeva oli tuntenut syyllisyyden piston, sillä hänen mielestään varsin suurelta tuntuva osa hänen plusmerkkisestä työaikasaldostaan oli seurausta siitä, että Eeva painoi parhaista aikomuksistaan ja elämäntaito-oppaiden ohjeista huolimatta aina aamuisin herätyskellonsa torkkunappia useamman kerran. Tästä johtuen hänen oli aina juostava töihin ja leimattava itsensä ensin sisään ja hiippailtava sitten nolostuneena työpaikan kuntosalin pukuhuoneeseen suihkuun ja syömään aamiaiseksi näkkileipiä, jotka hän oli näitä tilanteita varten jemmannut pukukaappiinsa. Joskus, jos hänellä ei juuri ollut töitä tehtävänä, oli Eeva saattanut jopa lähteä työpisteeltään ennen virka-ajan päättymistä ja käydä häpeillen kuntosalilla ennen kuin leimasi itsensä ulos, vaikka hänen orientaatioksi saamassaan 264-sivuisessa vihossa oli selkeästi sanottu, että kuntosalin käyttö, ruokailu (12,3 minuutin kahvitaukoa lukuun ottamatta) ja vaatteiden vaihto tuli suorittaa työajan ulkopuolella vasta itsensä ulos leimaamisen jälkeen. Jostain selittämättömästä syystä Eeva tunsi kuitenkin pakonomaista tarvetta hamstrata leimauskorttiinsa saldoa kuin orava käpyjä. Sillä, kun lounasaikaan Eeva lähti kollegoidensa kanssa syömään, hänen tuntisaldonsa lävähti aina kirkkaana loistavalle leimauslaitteen saldolle, ja hän ei missään nimessä halunnut saada tuossa julkisessa mutta hiljaisessa töiden eteen uhrautumiskisassa viimeistä sijaa.

Muiden arvostelun pelko ja huono omatunto olivat painaneet Eevan hartioista alas tuolille, ja niin hän oli jatkanut piinallista väritystehtäväänsä, sillä työpaikalla ahkeran työntekijän maineen kanssa ei kannattanut ottaa edes todennäköisesti kuviteltuja riskejä. Herättyään sitten aamulla väsyneenä Eevaa oli harmittanut. Hän oli jo kärsinyt yhden burnoutin, ja oli – vaihtelevalla menestyksellä – päättänyt laittaa vastedes oman terveytensä ja jaksamisensa kaiken muun edelle. Herättyään hänestä oli kuitenkin tuntunut, että oli epäonnistunut tuossakin päätöksessä – taas. Eeva oli aamulla näkkileipää pukuhuoneessa mutustaessaan muistuttanut itseään, että uni pitäisi muistaa mainita taas seuraavan viikon terapiaistunnossa tohtori Glaubenstraum-Mättöselle.

Eeva yritti karkottaa päästään unenomaista tunnelmaa ja räpytteli hetken silmiään. Hänen päänsä vaikutti kuitenkin itsepintaisesti olevan täynnä pumpulia, ja ajatukset ja tuntemukset tuntuivat lipuvan juuri ja juuri ulottumattomissa. Ehkäpä tämä *on* unta, Eeva ajatteli ja katseli varovasti ympärilleen.

Hän huomasi makaavansa jossain pehmeähköllä ja vihreällä alustalla. Ilma tuntui lämpimältä, mutta kuitenkin raikkaalta – aivan kuin täydellisenä kesäpäivänä. Eeva näki yläpuolellaan sinisen taivaan, jonka poikki lipui pastellinvärisiä pilvimuodostelmia. Hänen päänsä sivuilla näytti kasvavan vihantaa ruohoa, joka sekin vaikutti jotenkin omituisen pastellinsävyiseltä. Ilmassa kuului hento, lähes huomaamaton eteerinen sinfonia.

Paikka oli Eevalle tuntematon, mutta jopa uneksi se vaikutti niin lempeältä ja seesteiseltä, että Eevaa hieman nolotti. Oliko hänen alitajuntansa mielenmaisema todella näin... *pastellisävyinen?* Eeva nousi istumaan. Hän huomasi istuvansa pienellä aukiolla puutarhassa. Hänen vieressään liplatti hiljaa valkoisesta marmorista veistetty suihkulähde ja hänen edessään kahisi kauniita, lehteviä puita. Eeva oli nousemassa ylös, kun hänen näkökenttänsä poikki räpytteli pieni valkosiipinen otus, jota Eeva ensin vaistomaisesti ajatteli kömpelöksi linnuksi ennen kuin tajusi, että siipien tyvestä roikkui punakka vauva, joka kehokoostumuksensa puolesta näytti tähtäävään uraan erään tunnetun rengasmerkin keulahahmona.

Lentäviä vauvoja? Eeva pudisteli päätään. Hän oli jo kolmenkymppinen, mutta ei ollut koskaan halunnut lapsia. Häntä oli aina ahdistanut sukulaistätien vihjailut siitä, kuinka biologinen kello sitten kyllä saisi mielen muuttumaan. Eevalla oli kuitenkin vakaa aikomus painaa tuon pahaisen aikapommin torkkunappia siihen asti, kunnes rakkineesta loppuisivat paristot – mikä olikin ainoa asia, jota Eeva vanhenemisessa odotti innolla. Hänellä oli täysi työ oman elämänsä ja mielenterveytensä luotsaamisessa nykymaailmassa sekä maailman pelastamisesta ekokatastrofilta, massasukupuutolta, nälänhädiltä tai eriarvoistumiselta puhumattakaan. Hänellä ei kerta kaikkiaan ollut aikaa joutua johonkin hormonipsykoosiin ja herätä vuoden päästä rääkyvä ihmisaikuisen esiaste sylissään. Hän oli jo käyttänyt hyvän osan kaksikymppisyydestään hyysäämällä nuoruuden ihastustaan, joka oli degeneroitunut täydelliseksi miesvauvaksi noin vuosi sen jälkeen, kun he olivat muuttaneet yhteen. Eeva oli heidän erotessaan vannonut, ettei enää koskaan joutuisi opettamaan tuloksetta toiselle kaksijalkaiselle, että pissan olisi hyvä osua enemminkin pöntön sisälle kuin istuimelle tai että vihanneksia olisi hyvä syödä muutoinkin kuin ketsuppina nakkien päällä. Ja nyt hänen alitajunnassaan liihotteli lentäviä vauvoja. Tästä ei kyllä kehtaisi kertoa edes Glaubenstraum-Mättöselle, Eeva ajatteli ja nousi ylös.

Eeva ei ollut ikinä ymmärtänyt ihmisiä, jotka intoilivat valveunista siksi, että niissä pystyi lentämään, juoksemaan alasti keskellä kaupunkia tai tekemään muutoin mitä halusi. Eevan mielestä lentäminen oli valtaosan aikaa yliarvostettua, sillä kallion seinään ohjausvirheen vuoksi mätkähtäminen ja sadan metrin korkeudelta alas tippuminen ei tuntunut unessakaan kovin mukavalta. Lisäksi Eevalla ei ollut mitään halua joutua naurunalaiseksi unessaan riisuttuaan vaatteensa kesken koulupäivän – hänelle riitti muiden kuvitellusta arvostelusta kärsiminen ihan hereillä ollessakin, kiitos vain.

Eeva oli toki huomannut, että pystyi usein jonkin verran vaikuttamaan uniensa ympäristöön. Jos esimerkiksi hirviö ajoi häntä takaa tunnelissa, hän oli huomannut pystyvänsä luomaan tunnelin seinään aukon tai käteensä aseen. Temppu tehtiin niin, että yksinkertaisesti tuijotettiin edessä olevaa läpitunkematonta tiiliseinää, jonka rosot pystyi tuntemaan kämmenellä, puristettiin silmät kiinni, ja vain päätettiin, että tämä kaikki on minun päässäni, ja minä päätän, että tässä kohtaa on nyt ovi ja minä menen siinä läpi. Sitten silmät avattiin ja käveltiin päin tiiliseinää, joka ei vaikuttanut yhtään vähemmän läpitunkemattomalta kuin aiemmin. Tämän ei kuitenkaan saanut antaa hämätä, vaan seinää kohti oli käveltävä pinnistäen päättäväisyys äärimmilleen – ja voilá, viime hetkellä ennen törmäystä seinään avautui ovi. Samoin käteensä pystyi kuvittelemaan aseen asettamalla kätensä asentoon, jonka jokainen puolimetrisen vesipyssyn syntymäpäivälahjaksi saanut osasi selkäytimestä, ja *päätettiin*, että tässä nyt on ase, jolla ammun hirviötä, ja painettiin liipaisinta, joka ei ollut vielä ehtinyt ilmaantua paikalle. Kuitenkin juuri ennen kuin hirviö oli ahmaisemassa kitaansa, Eevan käsien väliin aina ilmaantui kuin ilmaantuikin ase, joka laukesi suoraan hirviötä kohti.

Eeva ei kuitenkaan usein jaksanut yrittää hallita uniaan, sillä niiden muuttaminen vaati aina kovia ponnisteluja hieman samaan tapaan kuin hampaiden lankaus kuudelta aamuyöllä pitkän baari-illan jälkeen. Lisäksi unilla oli taipumus saada aina viimeinen sana. Jos Eeva pakeni hirviötä tunneliin luomastaan ovesta, saattoi hirviö ahtautua hänen perässään, tai Eeva saattoi huomata oven vievän hänet bussiin, joka oli juuri ajanut hänen pysäkkinsä ohi.

Useimmiten Eeva siis tyytyi vain katselemaan mitä hänen alitajuntansa hänen eteensä toi. Itse asiassa hän nautti eniten valveunissaan siitä, että hän ei itse tiennyt ikinä, mitä seuraavan kulman takana olisi. Toisinaan hän oli nähnyt henkeäsalpaavan kauniita maisemia, tai sukeltanut ympäriinsä loistavan punaisten korallien ja kimaltelevan valon ympäröimänä. Kerran hän oli kulkenut talossa, jossa oli ollut useita ovia, joita hän oli availlut innoissaan kuin joulukalenterin luukkuja. Yhden takaa paljastui kylpylä, jonka seinän läpi kahlaamalla pääsi lumiseen puistoon, toinen oli avautunut hotellin buffetravintolaan. Tosin kerran Eeva oli nähnyt unta, jossa hän oli istunut yhtä tuolia lukuun ottamatta tyhjässä, ikkunattomassa ja ovettomassa huoneessa. Tylsistyttyään monotonisessa tilassa odotteluun, Eeva päätti pystyä kävelemään seinän läpi ja odotti innokkaana, millaisen maiseman hänen mielensä loihtisi tällä kertaa. Astuttuaan seinän läpi hän kuitenkin saapui toiseen, täydellisen identtiseen huoneeseen, jonka seinän takana odotti taas toinen samanlainen huone. Eeva alkoi kiukustua alitajuntansa laiskotteluun ja keskitti kaikki voimansa lentääkseen huoneen katon läpi – vain saapuakseen uuteen täysin samanlaiseen huoneeseen. Tässä vaiheessa Eeva oli nostanut kädet lanteilleen ja uhannut kovaan ääneen, että ellei unen taso pian paranisi, hän viettäisi seuraavan yön nukkumisen sijaan katsomalla koko edellisen vuoden eduskunnan kyselytuntien tallenteet, sillä niissäkin oli enemmän jännitystä. Ilmeisesti uhkaus oli toiminut, sillä Eeva oli nukkunut lopun yötä sikeästi unia näkemättä.

Eeva otti muutaman askeleen pehmeällä nurmella, pudisteli vaistomaisesti valkoista toogamaista mekkoa, johon hän huomasi sonnustautuneensa, ja lähti astelemaan eteenpäin. Hänen päänsä tuntui kävellessä selkeytyvän ja aistinsa terävöityvän. Omituista kyllä, mitä edemmäs hän käveli idyllisiä, pienillä valkoisilla kivillä päällystettyjä polkuja, sitä enemmän valveilla olevalta hänestä alkoi tuntua. Olikohan hän sittenkin hereillä? Oliko joku huumannut hänet ja kuljettanut tähän outoon puistoon?

Eeva alkoi muistella kehittämiään muistisääntöjä unen ja valveen erottamiseksi. Ensimmäinen hänen kehittämänsä sääntö oli, että valveilla ollessa hän tuli harvemmin pohtineeksi, näkikö hän unta vai ei. Siten hänen pähkäilynsä tajuntansa tasosta viittaisi ennemmin uneen – joskaan häntä ei oltu koskaan ennen myöskään huumattu, joten sitäkään vaihtoehtoa ei voinut täysin sulkea pois. Toki hän oli miettinyt psilosybiinin mikroannosten nauttimista sen jälkeen, kun hänen työpaikkansa uusi harjoittelija Tuuli oli pikkujouluissa kasuaalisti maininnut aineen siis *todellakin* auttamaan pääsemään eroon kaikesta pään sisäisestä toksisesta heteronormatiivisuudesta ja sisäistetystä naisvihasta, jota Eeva Tuulin mielestä selvästi ilmensi liiallisella kiltteydellään. Eeva kuitenkin oli pelännyt liikaa kiinnijäämistä ja rikosrekisteriä, jotta olisi tilannut moisia aineita netistä. Eeva oli kylläkin salavihkaa natustellut seuraavan syksyn sieniretkellään löytämänsä valkoista pientä sientä, sillä jos hän voisi esittää vahingossa syöneensä psykoaktiivisen sienen, ei häntä varmastikaan voitaisi asiasta syyttää. Harmillisesti tajunnan laajenemisen sijaan hän oli saanut kokeilusta vain mahanpuruja.

Toinen Eevan kehittämä sääntö unien tunnistamiseksi oli, että unessa oli hyvin vaikea muistaa, mitä oli tapahtunut edellisenä päivänä. Tämä sääntö oli pelastanut hänet kerran, kun hänen autonsa jarrut olivat lakanneet toimimasta hänen ajaessaan keskellä talvista Hongkongia ja hän oli ajanut miljoonia maksavan, tanssivaa mursua esittävän patsaan maan tasalle. Eeva oli yrittänyt itkien kuopia metallista patsasta lumipenkasta, kunnes hän oli muistanut kysyä itseltään, miten hän olikaan ylipäätään saapunut kinosten peittämään Hongkongiin. Hän toki oli tiennyt tulleensa marsujen juoksupyöriä käsittelevään maailmankonferenssiin, josta hän oli myös jo auttamatta myöhässä, mutta ei pystynyt muistamaan varsinaisesti koskaan lähteneensä matkalle kotoaan, saati saaneensa itseään kuusi vuotta nuoremmalta, kauppaoppilaitokselta ja padelmailalta tuoksuvalta esimieheltään työtehtäväkseen pitää esitelmän marsujen crosstrainereiden ekologisista jalanjäljistä. Niinpä Eeva oli huokaissut helpotuksesta ja ajanut autonsa suoraan hotellin aulasta sisään (asiallisesti toki pahoitellen) ja siirtynyt suoraan etsimään kokouksen buffet-tarjoiluja, sillä Eevalla oli jostain syystä unissaan usein nälkä.

Eeva asteli hitaasti sileistä kivistä tehtyä polkua ja mietti, missä oli ollut aiemmin. Muistikuvia ennen hänen niityltä heräämistään alkoi ilmaantua hitaasti. Kuin sumusta hänen mieleensä lipui tieto siitä, että hän oli töissä isossa vihreään siirtymään keskittyvässä konsulttitoimistossa, missä oli juuri ollut käynnissä auditointi. Eeva komensi mieltään. Hän muisti, että oli joutunut tekemään normaaliakin enemmän ylitöitä, ja sitten olivat vielä Alma-mummon 100-vuotisjuhlien järjestelyt.

Muistot alkoivat yhtäkkiä ryöpytä Eevan mieleen. Oli lauantai, ja hänen piti hakea kakku! Hänen äitinsä oli tolkuttanut siitä hänelle viikkojen ajan. Kakku piti hakea Eevan lähellä olevasta leipomo-konditoriasta kello 9.45, joten Eeva ei saisi nukkua pommiin. Äiti oli jopa soittanut aamulla puoli kymmeneltä Eevalle varmistaakseen, että tämä oli tosiaan hereillä ja lähdössä hakemaan kakkua, jotta se ehtisi juhlapaikalle ajoissa. Eeva oli ollut varsin närkästynyt kokemastaan luottamuspulasta ja todennut entiselle huoltajalleen ärtyneesti, että oli tietenkin herännyt jo tunti sitten ja ehtisi konditoriaan nopeammin, jos hänen ei tarvitsisi seistä puhelimessa vastailemassa typeriin kysymyksiin. Todellisuudessa Eeva oli tietenkin herännyt noin minuutti ennen synnyttäjänsä soittoa naapurista kantautuvaan kovaääniseen pasuunansoittoon ja oli ollut puhelun saadessaan parhaillaan vetämässä sukkahousuja jalkaansa näkkileipä suusta törröttäen. Hän oli vielä epärealistisuuden puuskassaan edellisenä päivänä luvannut tarkistaa ja lähettää firman viimeisimmän kuukausiraportin edelleen seuraavana aamuna, joten viime tingassa Eeva oli vielä juossut keittiöön hakemaan pöydälle unohtunutta työkännykkäänsä, ennen kuin oli sännännyt ulos. Eeva muisti kipittäneensä katua alas konditorian suuntaan ja astuneensa suojatielle suu täynnä näkkileipää kiskoen toisella kädellä takkia ylleen ja yrittäessään toisella kädellä etsiä puhelimensa saapuneista viesteistä raporttia. Sen jälkeen muistikuvat tuntuivat loppuvan kuin seinään.

Eeva pysähtyi, puristi silmänsä kiinni ja yritti pinnistää muistiaan, mutta hänen mielensä uumenista lipui näköpiiriin vain yksi Polaroid-kuvan kaltainen näkymä, jossa näkyi suojatien takana olevan naapurikorttelin ikkuna, josta oli roikkunut sateenkaarilippu. Eeva tuijotti mielensä silmillä tarkasti tuota edessään aukeavaa muistikuvaa. Hän muisti nähneensä vastapäisen talon ikkunassa sateenkaarilipun. Hän muisti tunteneensa, että hänen toinen kätensä puristi edelleen työpuhelinta hänen rintansa edessä, ja hänen toinen kätensä oli painunut omituisesta hänen kylkeään pitkin. Ja seuraavaksi hän oli herännyt nurmikolta.

Eeva alkoi aavistella jotain ikävää tapahtuneen hänen maalliselle tomumajalleen. Kylmien väreiden hiipiessä Eevan selkäpiitä pitkin tämä yritti lohduttaa itseään miettimällä, että ehkä hän oli joutunut teho-osastolle koomaan ja näki vain lääkehuuruista unta. Tosin Eevan oli myönnettävä, että uneksi hänen nykyinen olotilansa vaikutti epäilyttävän *koherentilta*. Metsästä ei ollut astellut esiin hänen ala-asteen ihastustaan ilmoittamaan, että Eevan piti palmikoida jäniksenkorvansa, jos hän halusi pelata jääkiekkoa poikien kanssa, eivätkä puut olleet vaihtuneet yhtäkkiä tanssisaliksi, joka Eeva pitäisi luututa ennen kuin hänen serkkunsa kruunattaisiin tangokuningattareksi. Hänestä ei edes tuntunut siltä, että hän olisi myöhässä mistään –

jollei mummon syntymäpäiviä lasketa. Lukuun ottamatta lentävää vauvaa ja pastellisävyjä, kaikki vaikutti melkein *liiankin* normaalilta.

Viimeisenä oljenkortenaan Eeva kiinnitti katseensa viereiseen puuhun. "Tämä kaikki on minun päässäni ja minä päätän, että tuohon aukeaa uusi ovi", hän sanoi päämäärätietoisesti, ja asteli reippaasti eteenpäin.

"Voi helvetti", Eeva sadatteli pidellen puuhun reippaalla vauhdilla osunutta nenäänsä. "Voi helvetin helvetti".

2

Hienoa, olen siis kuollut, Eeva ajatteli maleksiessaan polkua eteenpäin. Kuoleman olisi voinut kuvitella vapauttaneen Eevan maallisia askareita koskevista ajatuksistaan, mutta juuri nyt hän ei kyennyt muuta kuin ajattelemaan kaikkia keskeneräisiä asioita, joita oli jättänyt jälkeensä. Kuukausiraportti myöhästyisi, ja hyllyyn oli jäänyt kasa kirjaston kirjoja, joita hän ei ollut ehtinyt palauttaa. Hänen päällään oli vieläpä ollut vaatelainaamosta lainattu mekko, jota hänen vanhempansa eivät tietenkään hoksaisi palauttaa, jos mekosta nyt ylipäätään oli jäänyt jäljelle mitään palautettavaa.

Ja mikä pahinta, hän ei ollut edes saanut kakkua toimitettua mummonsa syntymäpäiville. Edelliset juhlat hän oli äitinsä mielestä itsekkäästi pilannut leikkaamalla hiuksensa niin lyhyeksi, että hän isoäitinsä mielestä näytti aivan pojalta, ja nyt hän oli vielä mennyt kuolemaan juhlapäivänä ihan omaa huolimattomuuttaan. Eeva pystyi kuvittelemaan hautajaisensa. Äiti nyyhkisi dramaattisesti sitä, kuinka Eeva oli aina ollut niin ajattelematon ja itsepäinen, ja miksi tässä nyt näin kävi, vaikka hän oli yrittänyt parhaansa lastaan opettaa. Isän ajatukset olisivat jumiutuneet onnettomuuspaikalta löytyneeseen puoliksi syötyyn näkkileipään, ja hän mutisisi puoliääneen jotain aamiaisen oikeaoppisesta syömisestä pöydän ääressä ja istuisi lopun päivää apeana hiljaa. Serkku taas itkisi äänekkäästi ja kertoilisi kaikille, miten hän olisi kyllä voinut hakea kakun, jotta Eevan ei olisi tarvinnut kiireessä sännätä bussin alle. Mummo olisi joukosta ainoa, joka olisi ollut ilahtunut siitä, että hänen syntymäpäiväjuhlansa oli peruttu. Mummo oli saanut ankaran körttiläisen kasvatuksen ja piti kaikkea juhlintaa syntisenä, tai vähintään kunnon kristitylle sopimattomana. Mummo luultavasti köpöttelisikin kiukkuisena läheiselle kirkolle ja heiluttelisi papille vihaisena kävelykeppiään ja vaatisi tätä ilmoittamaan Jumalalle, että vanhukset taivahan valatakuntaan ensin, ja jokin vuoronumerosysteemi tässä on oltava, eihän tästä muuten mittään tule. Mummo oli pienen naisen hahmoon tiivistynyt pallo sisukkuutta. Mummo oli odottanut taivaalliseen autuuteen pääsemistä jo vuosikausia, eikä hän totisesti sietäisi, että hänen eteensä jonossa kiilattiin.

Ajatus mummosta hymyilytti Eevaa, kun hän saapui polun risteykseen. Hänen yllätyksekseen risteyksessä oli myös matala viitta, josta roikkui kiharatukkainen siivekäs vauva potkien jalkojaan ja päristellen huuliaan. Viitan opasteet oli muotoiltu valkoisiksi siiviksi. Siivessä, joka osoitti Eevan vasemmalle puolelle luki yksiselitteisesti "Portti", kun taas oikealle viittaavassa opasteessa luki "Jumala". Eevan takana näkyvä polku taas vaikutti viitan ohjeistuksen vievän kuorojen luokse. Eeva ei ollut pitänyt kuorolaulusta edes eläessään, eikä aikonut aloittaa nyt. Eeva katseli kahta jäljelle jäävää opastetta ja kääntyi sitten vasempaan.

Jonkin aikaa käveltyään Eeva saapui taivaan portille. Hänen täytyi myöntää, ettei hänellä ollut kovin suuria odotuksia taivaan sisäänkäynnistä, mutta Eevan edessä avautuva näky onnistui silti jollain tapaa alittamaan kaikki odotukset. Eeva tajusi portille astellessaan, ettei totta puhuen ollut ikinä kuullut puhuttavan taivaan muurista tai edes aidasta, mutta oli silti odottanut, että taivaan portti olisi kiinnittyneenä edes *johonkin*. Sitä vastoin huteran oloinen kultalangoista sommiteltu kaari seisoi vihannan taivaallisen puutarhan keskellä kuin unohdettu krokettipelin osa. Kaaren alla oli ohut nuottiteline, jossa oli pino esitteitä, joissa luki vaaleansinisellä comic sans-fontilla (mistä Eeva päätteli, että helvetistä löytyi luultavasti valtaosa mainosalan työvoimasta):

"Tervetuloa taivaaseen – opas iankaikkiseen elämääsi".

Portin vieressä puisella jakkaralla nuokkui pieneen pöytään nojaten vanhus, jonka hopeanvalkoinen parta valui maahan asti.

"Öhöm", Eeva selvitti kurkkuaan.

Vanhus päästi korahduksen ja jatkoi nuokkumistaan. Eeva vaihtoi vaivaantuneena painoa jalalta toiselle. Valkopartainen mies näytti siltä, että tarvitsisi vuosituhannen tai parin nokkaunet. Vanhus nojasi kyynärpäällään edessään pöydällä olevaan paksuun kullattuun kirjaan, jonka kannessa luki vanhanaikaisin kohokuvioiduin kirjaimin "Kansain Almanacca".

"Anteeksi", Eeva selvitti kurkkuaan nyt hieman kovempaa, vailla mitään näkyvää tulosta.

Eeva harkitsi hetken vanhuksen ravistelemista, mutta mies näytti siltä, että saattaisi hajota tomuksi liian kovasta kosketuksesta, joten Eeva jätti ajatuksen sikseen. Sen sijaan hän suuntasi kohti porttia ja kurotti poimimaan käteensä esitteen. Esitteen kahahdus herätti vanhuksen, joka säpsähti tuolillaan ja katsoi pöllämystyneen näköisenä Eevaa. Eeva palautti esitteen telineeseensä ja kääntyi hieman nolostellen kohti vanhusta.

"Öhöm, päivää", Eeva aloitti. "Tuota, minä olen juuri saapunut tänne, ja ... tuota voisitkohan kertoa, missä tässä kaikessa... "

"Mikä on nimesi?" tivasi vanhus tirkistelleen Eeva siristettyjen silmien läpi.

"Eeva", vastasi Eeva epäröiden.

"Eeva, kunnollinen nimi, eiköhän se täältä löydy", vanhus alkoi mumista selaten edessään olevaa opusta vaivalloisesti.

Eeva asteli varautuneena lähemmäs valkopartaista miestä. Hänen selaamansa kirja oli selvästi hyvin vanha ja sen väliin oli lisätty irtonaisia sivuja. Jokaista sivua koristivat pienellä käsialalla kirjoitetut aakkostetut nimi- ja numerolitaniat.

"Ee, Ee, Eero, Eeros, Eerika ... ah, löytyi, Eeva, 1. tammikuuta", vanhus hihkaisi pian. "Tervetuloa taivaaseen, voit kulkea portista ja ottaa esitteen" mies viittoili Eevalle innoissaan.

"Tämä... tämä on siis taivas?", Eeva kysyi saaden vahvistuksen epäilyilleen.

Mies nyökytteli ja selitti olevansa Pietari, taivaan portin vartija. Eeva katseli ympärilleen.

"Täällä taitaa olla aika hiljaista?"

"Vain harva jaksaa tulla etsimään taivaan porttia enää nykyisin", huokasi vanhus surumielisenä. "Valtaosa sieluista vain saapuu paikalle ja alkaa liihotella ympäriinsä tai liittyy heti enkelikuoroon. Ja on meillä muutama hevimetallibändikin", Pietari lisäsi hiljaa aavistus noloutta äänessään.

"Sitten on tietysti ambrosia- ja mannatarjoilut, harpun ja torvensoittotyöpajat, sekä muuta tekemistä, ne löytyvät kaikki esitteestä. Tein sen itse", vanhus jatkoi virkistyen hieman mainitessaan omien kättensä tuotteen.

"Nykysieluilta tuntuu puuttuvan kärsivällisyys ja kunnioitus." Vanhus jatkoi. "Entisaikaan taivaan portin läpi kulkeminen oli odotettu tapahtuma, josta haaveiltiin pitkään. Voitko uskoa, että pari sataa vuotta ennen sinua, ihmiset *jonottivat* täällä jännittyneenä, löytyykö heidän nimensä listastani", Pietari huokasi kaihoisasti sivellen toisella kädellään Almanaccan sivuja.

"Entä jos nimeä ei löydy listasta?", Eeva kysyi.

Pietari katsoi Eeva ärsyyntyneenä.

"No silloin ei saa esitettä. Eikä pääse kulkemaan taivaan portista. Rakensin muuten senkin itse", Pietari lisäsi ylpeyttä äänessään.

"Mutta kaikki siis pääsevät kuitenkin taivaaseen?" Eeva kysyi epäröiden. "Sillä ei siis ole väliä, onko ollut kiltti vai tuhma?"

"Minä en ole mikään joulupukki" Pietari tiuskahti tuohtuneena. "Minä olen pyhä Pietari ja tehtäväni on vahtia taivaan porttia ja päästää siitä kulkemaan vain ihmiset, joiden nimi on listassani.".

Eeva ymmärsi vanhuksen äänensävystä olla esittämättä lisää kysymyksiä. Niinpä hän kiitti vanhusta, poimi käteensä esitteen ja päätti lähteä etsimään vastauksia muualta. Viime hetkellä Eeva huomasi korjata kulkuaan taivaan portin läpi, mikä sai vanhuksen nyökkäämään tyytyväisenä ja asettumaan taas mukavasti tuolilleen.

3

Eeva silmäili esitettä samalla kun käveli hajamielisesti takaisin kohti risteystä. "Taivaassa unohdat maalliset murheesi" -ilmoitti Eevan mielestä jollain selittämättömällä tavalla passiivis-aggressiiviselta vaikuttava otsikko sisäsivulla. Esiteessä oli lueteltu Pietarin mainostamat taivaalliset aktiviteetit harpunsoitosta ("Musiikkia Korvillesi!") aina taivaallisiin sotajoukkoihin ("Liikuntaa Koko Perheelle!") värväytymiseen. Opas kertoi myös syömäkelpoisista hedelmistä ("Kaikki!"), sääennusteesta ("Täydellinen!"), sekä soveliaasta pukeutumisesta ("Vapaaehtoinen!"). Lisäksi se kehotti tarttumaan rohkeasti lähintä enkeliä siivestä, mikäli jotain kysyttävää heräisi.

Kysyttävää Eevalla kyllä oli. Oliko hänen nyt tarkoitus vain oleskella tässä eläkeläisten lomaresortilta vaikuttavassa paikassa koko loppuiäisyys, vai voisiko hän esimerkiksi palata vaikka ihan pikkuhetkeksi kummittelemaan vanhemmilleen ja pyytää näitä ystävällisesti heittämään Eevan yöpöytänä toimivan lipaston suoraan juhannuskokkoon avaamatta lainkaan sen alinta laatikkoa (jossa Eeva säilytti silikonista valmistettua eläimen tassun muotoista eräänlaista *käyttöesinettä*, jonka Eeva oli kerran tilannut eräältä hyvin erikoisia eroottisia tarvikkeita myyvältä japanilaiselta internetsivustolta sen jälkeen, kun oli erään seurustelusuhteen päättymisen kunniaksi juonut yksin kolmekymmentävuotislahjaksi saamansa samppanjapullon ja katsonut kaunotar ja hirviö -elokuvan kolme kertaa peräkkäin). Ja tietysti myös kirjaston kirjat pitäisi palauttaa, hänen pitäisi muistaa mainita asiasta myös samalla.

Eeva oli tallustellut mietteissään jo tovin, kun hänen eteensä polulle astui yhtäkkiä nainen. Tai niin Eeva ainakin päätteli häntä hieman pidemmästä ihmismuotoisesta olennosta, joka oli sonnustautunut väljästi roikkuvaan vaaleaan toogaan Eeva tavoin. Naisella oli kiharat hiukset, korkeat poskipäät ja hänen nenänsä toi etäisesti mieleen Kleopatran Asterix ja Obelix -sarjakuvasta.

"Hei... Anteeksi?", Eeva aloitti.

Nainen käveli suoraan Eevan eteen, tarttui tätä käsistä ja katsoi tätä silmiin lauhkea hymy naamallaan.

"Saat. Anteeksi", nainen lausui hitaasti pehmeällä äänellä, ja puristi Eevan kämmenet hellästi yhteen rintansa kohdalla.

"Saat anteeksi", nainen kuiskasi uudestaan kuin kertoen Eevalle suuren salaisuuden.

Eeva tuijotti naista silmiin hämillään. Nainen tuijotti häntä lempeästi hymyillen, irrotti otteensa ja kääntyi jatkaen matkaansa. Eevan teki mieli huutaa naisen perään, mutta hän ei saanut sanaa suustaan. Eeva kääntyi ja jatkoi häkeltyneenä matkaa. Hän toivoi, että oli törmännyt taivaalliseen joogaohjaajaan, sillä jos paikka olisi täynnä noin taivaallista rauhaa huokuvia ihmisiä, tulisi iäisyydestä hyvin, hyvin pitkä.

Eeva pudisti päätään ja jatkoi risteyksestä takaisin kohti kuoroa vievää polkua. Polku mutkitteli vanhojen, mutta vihantien näköisten puiden joukossa. Hän alkoi taas kuulla yhä voimakkaampana vaimeaa sinfoniaa, jonka oli erottanut pian taivaaseen saavuttuaan. Ehkä hän oppisi pitämään kuorolaulusta. Tai hevimusiikista. Ehkei se nyt niin kamalaa olisi aloittaa jokin uusi harrastus, Eeva pohti, kun hän kuuli yllättäen lähestyvää voimakkaiden siipien havinaa. Eeva käännähti juuri ajoissa nähdäkseen, kuinka hänen viereensä laskeutui ihka oikea enkeli.

Enkeli oli Eevaa kookkaampi, ja tällä oli rauhallisesti lainehtivat, valoa himmeästi säkenöivät hiukset. Enkelin piirteitä oli vaikea kuvailla, sillä ne vaikuttivat läikkyvän kuin kirkas vesi. Eeva pystyi kuitenkin sanomaan, että taivasolennon piirteet olivat äärimmäisen symmetriset ja sopusuhtaiset ja niitä oli varsin miellyttävä katsoa. Selässä enkelillä oli luonnollisesti suuret siivet, jotka kahahtivat hiljaa enkelin taittaessa ne laskoksille selkäänsä pitkin kuin lentonsa päättävä joutsen. Enkelin seisoessa paikallaan siivet näyttivät kuin enkelin selässä olisi ollut suuri pehmeä selkäreppu. Eeva huomasi olevansa hieman pettynyt siihen, että enkeli oli laskostanut siipensä jotenkin niin *epäenkelimäisesti* selkäänsä.

"Ah. Onko näin parempi?", enkeli kysyi avaten helmiäisen lailla hohtavat siipensä kahdeksi sädehtiväksi puoliympyräksi sivuilleen, kuin lukien Eevan ajatukset.

"Oooh", sai Eeva henkäistyä.

"Onpa hauska tavata sinut viimein, Eeva", enkeli jatkoi hymyillen aivan kuin he olisivat vanhoja ystävyksiä.

Eevan piti pinnistellä siirtääkseen katseensa enkelin siivistä ja tämän täydellisistä kasvoista. Pahaksi onnekseen Eevan katse siirtyi seuraavaksi alemmas kohti enkelin täydellisesti muotoiltuja rintalihaksia, joita ohut, ihoa veden lailla nuoleva tooga yritti vain nimellisesti peittää.

"Nhhmmm", vastasi Eeva.

"Minä olen Briell", jatkoi enkeli häkeltymättä. "Sinulla on varmasti paljon kysyttävää ja saat kyllä kaikki vastaukset. Mutta tule ensin mukaani."

"Mmmm", yritti Eeva nyökätä, joskin ainoa hänen päässään risteilevä kysymys liittyi siihen, kuuluiko taivaallisiin virkistysaktiviteetteihin mahdollisesti esimerkiksi enkelien mutapainia.

" Vien sinut isäsi luokse, hän on odottanut sinua", Briell jatkoi ja laski kätensä Eevan olkapäälle.

4

Eeva seisoi valtavassa, eri helmiäisen sävyissä hohtavassa huvilassa, tai ehkä kartanossa. Seinien vierustaa koristivat marmoriset pylväät, ja seinät ja katot olivat täynnä pikkutarkkoja kultaisia tai marmoriin kaiverrettua filigrafikuvioita, jotka esittivät erilaisia kasveja ja köynnöksiä. He seisoivat Briellin kanssa vieretysten suuressa salissa, jonka keskellä seisoi valtava marmorinen ruokapöytä täynnä mitä loistavimmissa väreissä kiilteleviä hedelmiä. Keskellä pöytää puppusi koristeellinen pieni suihkulähde omituista tummanruskeaa, makeantuoksuista tahnaa.

Kun enkeli oli tarttunut häntä olkapäästä, hän oli tuntenut yhtäkkiä tuulen viiman kasvoillaan ja nähnyt maisemien vilistävän ohi niin nopeasti, että hänen oli pakko sulkea silmänsä. Sitten he olivatkin jo seisoneen yllättäen tässä hohtavassa salissa, tismalleen samassa asennossa kuin he olivat olleet polulla vielä hetki sitten.

Eeva yritti saada ajatuksiaan järjestykseen. Briell oli sanonut vievänsä hänet hänen isänsä luokse. Ensimmäinen Eevan mieleen tullut ajatus oli, oliko Eevan isäkin kuollut? Kenties tyttären menetys oli aiheuttanut sydänkohtauksen, ja nyt isä odottaisi kädet puuskassa viiksiinsä tuhisten, että voisi kertoa tyttärelleen jäävänsä tämän takia nyt paitsi sunnuntain yleisurheilun maaottelusta, vaikka Rissasen Toivo oli viimeinkin saanut akillesjänteensä kuntoon ja oli ollut valmis näyttämään sille Uldvid Magnussonille mistä talvisodan hengessä on kyse. Nyt katsellessaan prameaa salia, Eevan mieleen alkoi kuitenkin hiipiä epäilys siitä, että enkeli oli tarkoittanut hänen vertauskuvallista isäänsä. Ehkä taivaaseen saapumisen protokollaan kuului jonkinlainen jumalan kädenpuristus.

Ajatus jumalasta alkoi hermostuttaa Eevaa. Odottiko jumala Eevan olevan uskovainen? Toisaalta eihän Eeva sentään ollut ikinä *varsinaisesti* kieltänyt jumalaa tai syyllistynyt mihinkään muuhun suureen syntiin, ainakaan muistinsa mukaan. Lisäksi hän oli jo saapunut taivaaseen, joten eikö hänen maallisen vaelluksensa saldon pitäisi kuitenkin olla plussan puolella? "Anteeksi jumala kaikista synneistä", ajatteli Eeva varmuuden vuoksi nopeasti. Ehkä olisi parasta vain puristaa kohteliaasti jumalan kättä ja kehua hieman taivaan sisustusta. Ja toki kiittää taivaaseen pääsystä. Ja jos tilaisuus tulisi, pieni ääni Eevan sisällä jatkoi, ehkä hän voisi ihan sivumennen huomauttaa jotain Lähi-Idän kriisistä tai katolisen kirkon pedofiliaongelmasta, jotka olivat ehkä epähuomiossa jääneet jumalalta huomaamatta (sattuihan sitä), ja joille jumala voisi kaikkivoipana toki halutessaan varmasti varsin pienellä vaivalla tehdä jotain.

Eeva oli juuri miettimässä, olisiko varsin sopimatonta mainita myös eräistä eräpäivän ylittäneistä kirjaston kirjoista, kun jumala astui huoneeseen. "No tämä nyt sentään on jotain", Eeva ajatteli ja näytti ajatuksissaan näsäviisaasti nenää lapsuuden seurakunnan kerhonvetäjälleen. Jumala ei nimittäin näyttänyt lainkaan Pyhän Kirjan valkopartaiselta mieheltä. Jumala näytti sen sijaan ... apinalta. Jumalan vartalo oli kyllä kovin ihmismäinen, joskin hänen kehoaan vaikutti peittävän kämmeniä ja kasvoja lukuun ottamatta ohut hopeisenharmaa karvapeite. Ja vaikka Eeva yritti siristää silmiään, oli jumalalla ehdottomasti myös ... kuono. Jumalaksi sisääntulija oli kuitenkin helppo tunnistaa hohtavasta valkoisesta valosta, jota hän säteili ympärilleen.

Eevan täytyi myöntää, että hän oli hieman hämmästynyt. Toisaalta, hän torui itseään, on hyvin lajistista olettaa, että jumala näyttäisi ihmiseltä. Olivathan ihmiset polveutuneet apinoista, joten sinänsä oli oikeastaan loogista, että jumala oli ottanut ensimmäisten kädellisten hahmon homo sapiensin sijaan. Eeva päätti kätkeä huolellisesti epäkohteliaan yllättyneisyytensä ja käyttäytyä niin kuin hänelle olisi ollut aina päivänselvää, että hänen taivaallinen isänsä edusti ihmisten sukupuun hieman kaukaisempaa haaraa.

"Hyvää päivää", sanoi Eeva yrittäen pakottaa sanaa "isä" suustaan, mutta päätyi lopulta sen sijaan jostain syystä niiaamaan.

Jumala kohotti Eevalle kulmiaan ja paljasti hampaansa tavalla, jonka saattoi tulkita joko hymyksi tai aikomuksena raadella katseen kohteen silmät päästä tuota pikaa.

"Ah, Jalavira", tervehti Briell jumalaa. "Jumala saapuu varmasti tuota pikaa. Tässä on hänen tyttärensä, Eeva".

"Haa!" rääkäisi apinajumala ja katseli Eeva arvioivasti. "Vai ihan ihminen tällä kertaa?", jumala jatkoi aavistuksen huvittuneella äänensävyllä.

Eeva yritti haroa äkkiä tasapainostaan horjahtanutta maailmankuvaansa järjestykseen. Hän oli kyllä lukenut apinakasvoisesta jumalasta lukiovuosinaan, kun oli suunnitellut pitävänsä välivuoden reppureissaamalla kaukomaissa. Eeva oli kuitenkin tyyppiä, joka sai turistiripulin jo ruotsinristeilyn lähtöselvityksessä, ja sen jälkeen kun hänen serkkunsa, joka oli päässyt mukaan isänsä työmatkalle kymmenen tunnin lentomatkan päässä olevaan suurkaupunkiin, oli saanut reissussa ameban ja kärsinyt seuraavat kolme viikkoa vatsataudista, joka serkun kertomuksen mukaan oli saanut pahimmankin splatterelokuvan näyttämään teletapeilta, oli Eeva hissukseen luopunut ajatuksesta.

Samalla ovesta Jalaviran ohi astui toinen jumala. Tällä kertaa Eeva oli melko varma, että kyseessä oli tällä kertaa hänen taivaallinen isänsä. Tällä jumalalla oli nimittäin varsin tuuhea ja elinvoimaisen näköinen hopeanvalkoinen ja tyylikkäästi muotoiltu parta, joka hohti kirkkaammin kuin talon kiillotetut helmiäiskoristeet. Jumalalla oli myös tuuheat valkoiset kulmakarvat ja pitkä, laineileva tukka. Eeva katse kuitenkin kiinnittyi pian jumalan vartaloon. Hän yritti epätoivoisesti etsiä taivaallista huoltajaa soveliaalla tavalla kuvaavaa sanaa, mutta ainoa mitä hänen mieleensä tuli, oli "timmi". Jumala ei ollut vaivautunut edes nostamaan toogaansa hartioille, vaan vaalea ohut kangas lainehti hänen lanteillaan jättäen veistoksellisen ylävartalon täysin paljaaksi. Jumalan iho kimmelsi tuoden hänen ihonsa alta pullistelevat lihaksensa vielä entistä paremmin esiin. Jopa Briell näytti varsin tavanomaiselta jumalan vierellä.

"Heiii…", sai Eeva suustaan ja ajatteli, että hänen taivaallinen isänsä saisi pukea pian vaatteita päälleen, tai Eeva joutuisi pian pudottamaan meteoriitin tohtori Glaubenstraum-Mättösen päähän pikaista taivaallista ja oidipuskompleksiin keskittyvää terapiaistuntoa varten.

"Ah, tämä lienee hurmaava Eeva", jumala lausui pehmeästi liukuen ovesta sisään.

Eeva räpytteli hämmentyneenä silmiään ja omaksi hämmästyksekseen niiasi taas.

"Kuinka ihastuttava tutustua", jumala jatkoi, otti Eevan käden käteensä, ja suuteli sitä iskien Eevalle samalla silmää.

"Puuma", Eeva ajatteli pystymättä tuomaan mieleensä sanan miespuolista vastinetta. "Jumala on puuma. Voi hyvä luoja."

"Zus", Briell tervehti kreikkalaiset marmoripatsaat varjoonsa jättävää jumalaa äänensävyllä, joka toi Eevan mieleen viiden tähden hotellissa palvelevan hovimestarin, jonka lahkeelle jonkin hyvin arvovaltaisen vieraan puudeli oli juuri nostanut jalkaansa.

"Jumala on aikonut pitää perheillallisen", Briell lausui, painottaen sanaa "perhe" enemmän kuin ehkä olisi ollut tarpeen. "Hän ehtii kyllä varmasti illan peliin mukaan", enkeli jatkoi kohteliaisuuden verhoon kätkettyä päättäväisyyttä äänessään.

Zus hymyili Briellille säteilevästi Eevan yrittäessä saada ajatuksiaan järjestykseen. Se osuus aivoista, joka ei osallistunut juuri sillä hetkellä Zusin alavartaloa peittävän toogan alla olevien ruumiinosien ulkomuodon arvuutteluun onnistui loihtimaan Eevan muistojen kätköistä hänen Välimerelle suuntautuneen lapsuuden ajan perhelomansa, missä hän oli ostanut paikallisia jumalia esittävän korttipakan. Pakan kannessa oli kahden marmoripylvään välissä salama kädessään komeillut kähäräpartainen, lihaksekas mies, jonka alle nimi Zus oli kirjoitettu hopeisin kirjaimin. Eeva oli ehtinyt opetella varsin kirjavasta jumalsuvusta noin puolet ennen kuin Eevan äiti oli huomannut, että varsin suuri osa jumalista oli kuvattu niin sanotussa Aatamin asussa ja siirtänyt kortit keittiön yläkaappiin matkalta tuodun anisviinan viereen (mikä oli luonnollisesti ainoastaan taannut sen, että Eeva oli innokkaasti opetellut loputkin jumalista hänen äitinsä hoitaessa begoniapenkkiään). Eeva ravitsi päätään. Olivatko taivaassa *kaikki* jumalat?

"Mutta emmehän me tietenkään halua *häiritä*. Mennään Jala", Zus sanoi kääntyen kohti ovea.

Jumalat eivät kuitenkaan päässeet pitkälle, sillä ovesta astui samalla sisään kolmas jumala. Tämä jumala oli ihmishahmoinen ja hieman Zusta lyhyempi ja jollain tapaa huomattavasti *inhimillisemmän* näköinen, Eeva huomasi ajattelevansa. Jumalalla oli myös vaalea, jonkin huomattavasti Zusta harmaantuneempi parta, sekä pitkät hiukset. Eeva pisti välittömästi merkille, että ruumiinrakenteeltaan kolmas jumala vaikutti enemmänkin ostos-tv:n kuntolaitemainoksen "ennen" kuin "jälkeen", kuvalta.

"Zus! Jalavira! Onpa mukavaa nähdä teitä", jumala tervehti. "Tulkaa sisään, tulkaa sisään, haluan esitellä teille tyttäreni", hän jatkoi heiluttaen kättään ja saaden toogansa valahtamaan olkapäältään ja sanan "iskävartalo" ilmaantumaan Eevan mieleen.

"Ah, me tapasimme nuoren neidin kanssa jo", Zus sanoi hymyillen Eevalle maireasti. Eeva keskitti kaiken päättäväisyytensä ja onnistui kuin onnistuikin estämään alkavan niiauksen ja tyytymään tällä kertaa puolittaiseen nyökkäykseen.

"Tyttäreni!", jumala huudahti ja halasi Eevaa kömpelösti hukuttaen Eevan hetkeksi lämpimään valoon.

Eevasta jumalan lämmintä valoa hohtava halaus tuntui ristiriitaiselta hieman samalla tavalla, kuin se miellyttävyyden ja puistatuksen rajan hetki, jolloin huomaa, että bussin penkki oli tuntunut mukavan lämpimältä takapuolen alla siksi, että se oli märkä. Jumala päästi Eevan syleilystään ja seisoi Eevan edessä katsoen tätä silmiin hymyillen. Hymy oli ystävällinen, joskin jokin siitä paistavassa innokkuudessa sai pienen äänen Eevan takaraivossa varoittamaan, että jumalalta ei kannattaisi ostaa käytettyä autoa.

Eeva tuijotti jumalaa silmiin ja yritti saada ajatuksiaan järjestykseen. Hän alkoi epäillä, että kyseessä ei ollut mikään tavallinen "tervetuloa taivaaseen" -tilaisuus, joka järjestettiin kaikille taivaaseen saapuneille. Vaikka aikaa oli ilmeisesti taivaassa rajattomasti, tuntui jotenkin hyvin epätodennäköiseltä, että jumala (tai siis Jumala, sillä olihan heidät nyt oikeastaan henkilökohtaisesti esitelty, Eeva korjasi itseään) haluaisi illallistaa *jokaisen* taivaaseen eksyneet kuolevaisen kanssa. Eeva hymyili Jumalalle parhainta "kaikki on hyvin, laita ne sakset vain rauhallisesti pois niin mennään kaikki yhdessä teelle" -hymyään samalla kun yritti hahmottaa silmäkulmastaan lähintä uloskäyntiä. Eeva ei ollut ikinä nauttinut huomion keskipisteenä olemisesta, ja tämä alkoi olla jo liikaa.

"Öhöm", Jumala karaisi kurkkuaan ja loi apua pyytävän katseen Brielliin.

Enkeli nyökkäsi luojalle kannustavasti kuin paraskin kannustava siipimies. Hymyillen epävarmasti Jumala kaivoi toogansa poimuista pienen paperilapun, ja taitteli sen auki.

"Urheilupeli oli eilen aika jännittävä, vai mitä?", Jumala luki lapusta ja katsoi Eevaa odottavasti.

Eeva katsoi Jumalaa ja räpytteli silmiään.

"Niin...", Eeva yritti keksiä sanottavaa.

Jumala katsoi Eevaa odottavaisesti vielä hetken.

"Et siis ole urheilu-faani?" Jumala tavasi sanan lapusta. "Ei se mitään", Jumala jatkoi katsoen taas paperiaan. "Taisi ... siiseli mennä eilen koloon temp-pa-rei-ssa, viime viikolla, vai mitä?", Jumala luki seuraavan repliikin ja jäi odottamaan Eevan vastausta.

Voi hyvä luoja. Jumala yrittää small talkia, ehti Eeva ajatella.

"Niin, tosiaan. Olikin aikamoista se...", koetti Eeva epätoivoisesti osallistua keskusteluun, mutta Jumala oli siirtynyt jo seuraavaan aiheeseen.

"Taivaalla on huomionarvoinen määrä tiivistynyttä vesihöyryä, eikö sinustakin?", Jumala luki voitonriemuisena.

"Öh, niin sää on kyllä...", Eeva haparoi alkaen miettiä, että oliko ehkä sittenkin saapunut helvettiin.

"Noniin, onpa mukavaa, että olemme tutustuneet toisiimme", Jumala totesi ilahtuneesti taitellen paperilapun takaisin vaatteensa laskoksiin.

"Käy pöytään lapsi, sisaruksesi saapuvat pian", Jumala kehotti Eevaa ja viittilöi kohti yhtä tuoleista pöydän ympärillä. "Jalavira, Zus, jääkää tekin toki", hän viittoili ystävilleen. "Ja Briell tietysti", Jumala vielä lisäsi, ja niin kaikki istuutuivat pitkän, suorakaiteen muotoisen pöydän ääreen.

Jumala istui pöydän päähän. Zus asettui Jumalan vasemmalle ja Jalavira oikealle puolelle. Briell viittoi Eevaa istumaan Jalaviran viereen ja istui itse Eevan toiselle puolelle. Jumalat alkoivat välittömästi jutella keskenään ja nostella pöydästä lautasilleen hedelmiä ja mannaa. Briell taas tyytyi kaatamaan lasiinsa säihkyvää nestettä osoittaen hyvin laimeaa mielenkiintoa Jumalien välillä alkanutta keskustelua kohtaan.

Eeva katseli aavistuksen epäluuloisena houkuttelevan näköisiä hedelmäpaloja sekä kokonaisuuden herkullisuutta huomattavasti laskevaa, ruskeaa ja makealta haisevaa tahnaa pulpahtelevaa suihkulähdettä.

"Ambraa", Briell kuiskasi huomatessaan Eevan epäröinnin.

Eeva kääntyi katsomaan enkeliä kysyvästi.

"Erään kaskelotin suolistoeritettä", täydensi Briell avuliaasti. "Sitä syntyy, kun mustekalan nokka repii kaskelotin suolistoa, ja...."

"Joka maistuu selleriä syöneen kissan kuselta, mutta kuulostaa hieman samalta kuin ambrosia", jatkoi Jalavira virnuillen.

"Minä *tiesin* kyllä mitä loin", totesi Jumala nyreästi, ja vaihtoi puheenaiheen illan bridgepeliin.

Eeva huokaisi helpotuksesta huomion siirryttyä pois hänestä. Jumalat vaikuttivat keskustelevan innokkaasti illan pelistä, johon oli kutsuttu myös Zusin sukulaisiin kuuluva ja Eevan muistikuvan mukaan rakkauden, kauneuden ja himon jumalatar Frodita. Korotettuja äänenpainoja vaikutti myös aiheuttavan keskustelu siitä, mitä viininjumala Onysoksen varaston antimista pöytään nostettaisiin. Eeva antoi keskustelun lipua ohitseen ja keskittyi katselemaan tarjolla olevaa ruokaa. Eeva poimi varovasti lautaselleen hieman päärynää muistuttavan hedelmän ja puraisi sitä varovasti. Mehukas hedelmä pursusi raikasta makeaa nestettä ja Eevan täytyi myöntää, että vaikka hän ei tuntenut lainkaan nälkää, oli syöminen silti melko miellyttävä kokemus.

Eeva oli juuri pohtimassa, käytettiinkö taivaassa veeseitä, ja voisiko hän kenties poistua illalliselta kohteliaasti vedoten vaikkapa naistenvaivoihin, kun ovesta saapui sisään Jumalan poika. Eeva tunnisti ruskeapartaisen ja nykerönenäisen miehen taivaallisen isänsä jälkikasvuksi lähinnä siksi, että Jumala hihkaisi "poikani!" miehen astuttua sisään. Kovin inhimillisen näköinen sisarus ei kuitenkaan kantanut sylissään lammasta, kuten Eevan lapsuuden iltapäiväkerhon oveen liimatussa julisteessa, vaan orkideaa, jonka juuret olivat kietoutuneet miehen käden ympärille. Jumalan pojan takana tassutteli vaalea, Michelin-ukon ja mopsin sekoitukselta näyttävä säärenkorkuinen otus, jonka pitkät kynnet rapisivat marmorilattiaa vasten.

"Käykää pöytään!", hihkaisi Jumala ja viittoi tuoleja Eevaa ja Briellia vastapäätä. Pyöreäkasvoinen ja hieman hölmähtäneesti hymyilevä mies pysähtyi Eevaa vastapäätä olevan tuolin kohdalle ja laski orkidean vieressään olevan tyhjän paikan kohdalla olevalle lautaselle. Possun ketteryyden ja pölynimurinpussin ulkomuodon perinyt valkoinen otus kiipesi rapisten orkidean takana olevalle tuolille.

”Rakkaat lapseni, kaikki koolla”, Jumala viittilöi liikutusta äänessään. ”Lapseni, tässä on Eeva. Eeva, tässä ovat sisaruksesi.”

Mies hymyili Eevalle ystävällisesti. Eeva räpytteli silmiään samalla kun hänen synapsinsa (tai niiden taivaalliset vastineet) yrittivät saada hänet uskomaan, että hän todellakin tuijotti miestä, jota hänen lapsuutensa seurakunnan iltapäiväkerhon ohjaaja kutsui tuttavallisemmin Kristukseksi, Messiaaksi, Pelastajaksi tai Vapahtajaksi ja hänen yksiönsä porttikongissa usein majaileva, Lasolin ”maku, eikä kustannussyistä” käsidesinfiointiaineisiin hiljattain vaihtanut kadunmies ”Ristussaatanaksi”. Hänelle oli toki koulussa ja erityisesti iltapäiväkerhossa opetettu, miten Jumala (joka ei etunimeä kaivannut, koska hän oli ainoa oikeasti olemassa oleva jumala, oli Eevan mummo puurokauhan vihaisen heiluttelun säestyksellä Eevalle vastannut tämän palattua välimerenlomaltaan hankitun korttipakan kanssa kotimaahansa) oli antanut ainoan poikansa kuolla maan päällä ihmisten syntien tähden. Eevasta koko homma oli kuitenkin vaikuttanut melko epärealistiselta: Jos Jumala kerran oli kaikkivoipa, niin miksi tämän piti uhrata ainoa poikansa, jotta muut ihmiset voisivat päästä taivaaseen? Ja jos Jumalan esikoisen taivaaseen astumista edeltänyt brutaali kiduttaminen hengiltä jopa tosi-tv-maratoniakin kivuliaammalla tavalla oli osa Jumalan suurta suunnitelmaa ja oikeastaan aika iloinen asia näin pelastuneiden sielujen näkökulmasta, miksi messiaan kiduttajilleen ilmiantanutta toveria pidettiin helvetin ikuisen tulen ansaitsevana majesteettirikoksen tekijänä?

Eevan päässä humisi. Taivaaseen joutuminen (tai *pääseminen*, yritti Eeva muistuttaa itseään) vaati totuttelua. Eeva ei ollut enää pitkään aikaan uskonut taivaaseen, ja oli pitänyt mummonsa pihalla istuskelevia seurakuntatätejä herkkäuskoisina hupsuina ja itseään älykkönä, joka oli ohittanut loogisessa ajattelussa Nooan arkkiin uskovat rouvat jo viiden vanhana. Oikeastaan, jos Eevan olisi pitänyt eläessään veikata, millainen taivas on, olisi hän epäröimättä laittanut kaikki rahansa "jotain muuta, kuin pastellinsävyisten pilvien ja siivekkäiden imeväisikäisten koristama puutarha" -vaihtoehtoon. Ja nyt hän vaikutti olleen täysin väärässä. Hän ei pitänyt tunteesta.

Oli hänen mummonsa vankalla uskonnollisella vakaumuksella toki ollut vaikutus Eevaan. Pienenä hän oli lukenut hartaasti mummoltaan saamaa Pyhää Kirjaa, jonka kannessa Jumalan valkoihoinen ja suorahiuksinen poika hymyili kapeilla kasvoillaan lammas sylissä. Eeva oli myös lukenut tunnollisesti joka ilta iltarukouksen, jottei joutuisi helvettiin. Kirjasta Eeva oli nimittäin oppinut, että kaikki olivat syntisiä, paitsi messias, ja että ikuiselta kadotukselta voisi välttyä ainoastaan pyytämällä syntejään anteeksi Jumalalta. Eevaa alkoi huolettaa, että olikohan häneltä jäänyt vahingossa jokin synti anteeksi pyytämättä, ja joutuisiko hän sen vuoksi palamaan hornankattilassa. Eeva toki oli pyytänyt Jumalalta aina iltaisin anteeksi varmuuden vuoksi kaikkia tekemiään syntejä, mutta hänestä ei silti tuntunut mitenkään vakuuttuneelta. Voisiko hän todella saada anteeksi myös synnit, joita ei muistanut ja joita ei myöskään osannut katua? Sitä paitsi, oli Eeva järkeillyt, jos hän voisi saada kaikki syntinsä anteeksi vain pyytämällä, ja eläisi sitten aivan kiltisti koko loppupäivän, eikö hän sitten olisi synnitön? Koska synnitön ei kuitenkaan ollut kukaan muu kuin Jumalan poika, muut ihmiset tekivät ilmeisesti syntiä ihan vaan olemassaolollaan, Eeva järkeili ja lisäsi taas yhden asian lisää anteeksipyyntölistaansa.

Hitaasti Eevan aikuistuessa usko valkopartaiseen mieheen, joka aikojen lopussa tuomitsee elävät ja kuolleet, oli haipunut, mutta anteeksipyytely oli sen sijaan jäänyt. Vasta viime vuonna osallistuttuaan serkkunsa maanittelemana "Nainen, vapauta sisäinen voimasi!"- työpajaan, oli Eeva päättänyt yrittää olla enää aloittamatta jokaista keskustelua työpaikallaan sanoilla "anteeksi, mutta...". Vaikka Eeva oli lopulta myös eronnut kirkosta luettuaan lehdestä suositun pastorin homovastaisia kommentteja, ei Eeva kuitenkaan varsinaisesti ollut julistautunut ateistiksi. Hän oli ennemminkin päätellyt, että koska varmaa vastausta ei tuonpuoleisesta elämästä voinut kuitenkaan saavuttaa, oli asiaa turhaa mietiskellä enempää. Hän yrittäisi elää niin kuin parhaaksi näki ja olla siinä sivussa mahdollisimman vähän kusipäinen muille eläville olennoille. Uskontoja hän oli alkanut viimeistään naistutkimuksen johdantokurssin jälkeen lähinnä patriarkaalisen hegemonian ilmentymänä, jonka tarkoitus oli hallita ihmisiä uskottelemalla, että maanpäällinen kärsimys ja riisto ei oikeastaan ollut niin kovin olennaista, sillä tuonpuoleisessa kaikki saisivat lopulta ansionsa mukaan.

Eeva oli pitänyt itseään melko maallisena tai ehkä agnostikkona, kunnes Eeva oli eräillä treffeillä tavannut miehen, joka ilmoitti, että ei uskonut sieluihin. Vaikka Eeva ei halunnut myöntää olevansa lainkaan uskonnollinen, oli miehen julistus tuntunut kuitenkin jollain tapaa hyvin väärältä. Eihän Eeva toki oikeasti uskonut, että kuoleman jälkeen ihmiset kävelisivät portaita pitkin taivaaseen, missä elämä jatkuisi ennallaan kaikkien rakkaiden ympäröimänä (tai niin Eeva oli ennemminkin toivonut. Sillä jos kaikkien rakkaat pääsivät taivaaseen, siellä olivat väistämättä myös kaikkien vihamiehet, ärsyttävät naapurit ja uteliaat sukulaistädit, jotka työntäisivät iäisyyden luisia sormia sukulaistyttöjensä sielujen kylkiluiden väliin ilmoittaen, että näiden tulisi syödä enemmän, jotta löytäisivät kunnollisen miehen). Mutta silti ajatus siitä, ettei kuoleman jälkeen todella olisi mitään, oli jotenkin puistattava. Kun oli vielä käynyt ilmi, että mies vielä voiteli näkkileivän väärältä puolelta, oli Eeva tajunnut, ettei juttu voisi mitenkään toimia, sillä he olivat kerta kaikkiaan liian erilaisia.

"Filius. Voit sanoa vaan Filiksi. Hauska tavata." esittäytyi vapahtaja hymyillen Eevalle paljastaen samalla hieman vinot etuhampaat. Ilmeisesti taivaassa ei ollut kovin montaa hammaslääkäriä, Eeva päätteli ja kiitti mumisten samaan aikaan, kun hänen polvensa yrittivät notkahtaa niiaukseen huolimatta siitä, että hän istui tuolilla. Eeva olisi voinut vannoa, että yksi orkidean täplikkäistä kukista katsoi häntä epäilevästi.

"Tässä on orkidea", tämän velipuoli sanoi Eevalle viittoen kohti kukkaa. "Ja karhukainen", Filius sanoi osoittaen vieressään olevaa otusta.

Eeva nyökkäsi epävarmasti orkidean suuntaan ja yritti hymyillä ystävällisesti, joskin hänestä tuntui, että hänen poskilihaksensa alkoivat jo nykiä pakonomaisesta virneestä. Hänestä alkoi yhä vahvemmin tuntua siltä, että Briell oli erehtynyt tuodessaan hänet Jumalan luokse. Ehkä hän oli etsinyt jotain omituiseen, kukille ja valtaville kuonollisille vaahtokarkeille puhuvaan lahkoon kuuluvaa Eevaa. Eevan mieleen tuli heti erään hänen serkkunsa suosikkipodcastin "Free to Bee Mee®" hyvinvointikonsultti- juontaja, jonka cv:stä löytyneiden määreiden "sisäilmakonsultti" ja "neuroplastisuus- ja mikrobiomianalyytikko" arvovaltaa ei serkun silmissä juurikaan tuntunut laskevan se, että niiden edessä seisoi iloisen häpeilemättömästi sana "itseoppinut".

"Noniin, kerrohan meille nyt, miten olet päätynyt tuomaan iloksemme näin kerrassaan viehättävän tyttären", Zus sanoi iskien silmää Eevalle.

"Noh, kuten tiedätte, minä olen aina pitänyt *valtavasti* lapsista", Jumala aloitti, pitäen pienen tauon ja katsoen kaikkia läsnäolijoita kuin vakuuttaakseen asian todenperäisyyden – joskin eleellä oli Eevan mielestä juuri päinvastainen vaikutus.

"Hän ei vain kestänyt kuulla Zusin mahtailuja jälkeläistensä urotöistä", apinakasvoinen jumala kumartui kuiskaamaan Eevalle virnistäen.

Zus röhähti kuuluvaan nauruun.

"Viis minä lapsista, mutta niin tekeminen se vasta on poikaa!", hän julisti yrittäen tönäistä Jumalaa kylkeen. Jumala ei vaikuttanut huvittuneelta.

"Rehellisesti sanottuna Zus, en ymmärrä, miten kestät niitä kaikkia... *eritteitä*", Jumala sanoi työntäen viimeisen sanan suustaan varovasti, kuin ei haluaisi liata edes kieltään moisen niljakkuuden mainitsemiseen.

"Maanpäällinen elämä on niin kovin... sotkuista", Jumala jatkoi. "Jos minä saisin päättää, ihmiset lisääntyisivät kuin amebat. Itse asiassa *kaikki* eliöt lisääntyisivät kuin amebat".

"Mutta etkö sinä *saa* päättää?", pääsi Eevan suusta ennen kuin tämä ehti hillitä itseään.

Jumala heilautti kättään ärtyneenä. Briell loi Eevaan hieman huolestuneen katseen, ja pudisti pienesti päätään. Eeva päätteli, että ilmeisesti nyt ei ollut hyvä aika nostaa esiin Palestiinaa tai eräitä erääntyviä kirjallisia teoksia.

"Minä luulin, että sinä et inkarnoituisi maan päälle edes Froditan alushousujen tähden", Zus totesi.

Vaatekappaleen maininta sai muut jumalat hetkeksi mietteliäiksi. Jumala kuitenkin toipui pian.

"Kuten tiedätte, olen valinnut Filiuksen pojakseni – joskin hän on tietysti aivan yhtä rakas kuin muut lapseni", Jumala ehätti lisäämään katsoen poikaansa, joka hymyili tälle luottavaisesti.

"Filius on *adoptoitu*", kuiskasi Jalavira Eevalle saaden Jumalalta osakseen vihaisen katseen.

"Joten ehdotan, että nostamme maljan Briellille tässä", Jumala sanoi viittoen enkeliä kohti, "jonka suosiollisella avustuksella olemme saaneet perheeseemme tyttären", Jumala lopetti nostaen maljan Eevaa kohti.

Jumalat ja Filius taputtivat ja nostivat maljan Briellin ja Eevan suuntaan, jonka jälkeen Jumalat palasivat pian illan korttipeliä koskevaan keskusteluun. Jonkin ajan kuluttua (Eevan oli todella vaikeaa arvioida ajan kulumista taivaassa, sikäli kun aika nyt ylipäätään kului), Filius ilmoitti bändiharjoitustensa alkavan pian ja pyysi lupaa poistua. Jumala ei noteerannut Filiuksen ilmoitusta, sillä hän oli syventynyt kiihkeään spekulaatioon Froditan illan asuvalinnoista. Niinpä messias nousi ja toivotti Eevan vielä kerran tervetulleeksi, sekä ilmoitti, että tämä oli lämpimästi tervetullut myöhemmin katsomaan heidän heavymetallibändinsä esitystä. Eeva kiitti kohteliaasti ja niin Jumalan poika poistui orkidea ja karhukainen mukanaan.

Eevaa huimasi. Jumala väitti hänen olevan tyttärensä, ja Jalavira oli väittänyt itse messiaan olevan adoptoitu. Eeva ei ollut lukenut Pyhää Kirjaa kovin tarkkaan, mutta hän oli melko varma, ettei kirjassa mainittu mitään orkideasta tai karhukaisesta. Mikä tämä paikka oikein oli? Briell huomasi Eevan kurtistavan kulmiaan yhä syvempään kurttuun ja käveli hänen vierelleen.

"Tämä ilta kestää vielä pitkään", hän sanoi viitaten jumalkolmikkoa kohti. "Me voimme hyvin poistua. Sinulla on varmaan paljon kysyttävää."

Eeva nyökkäsi huojentuneena ja antoi Briellin tarttua häntä kädestä.

5

Eeva ja Briell istuivat mäen kukkulalla lojuvan marmoripaaden päällä. Eevaa huimasi edelleen hieman, eikä asiaa ollut auttanut Briellin suorittama teleportaatio Jumalan asuinsijasta takaisin puutarhaan. Eeva oli kysynyt enkeliltä, nukuttiinko taivaassa, sillä yleensä päiväunet olivat paras ratkaisu silloin, kun hänen mielessään oli kieppunut ylikierroksilla. Briell oli kohauttanut harteitaan, ja vastannut, että taivaassa pystyi toki nukkumaan, jos halusi, mutta että se vaati yleensä hieman harjoittelua. Ainoa asia, jota Eeva vihasi unen puutetta enemmän, oli sängyssä unettomana pyöriskely, joten hän oli haudannut ajatuksen. Niinpä he olivat vain istuneet jo jonkin aikaa kivellä hiljaa katsellen ohi lipuvia pilviä Eevan kootessa ajatuksiaan.

"Mitä tämä kaikki Jumalan tytär -touhu oikein tarkoittaa?", kysyi Eeva lopulta.

Briell katseli hetken ohi lipuvaa pilveä ennen kuin vastasi.

"Kuten kuulitkin, Jumala ei käy kovin mielellään maassa. Hänestä se on kovin... epähygieenistä", enkeli aloitti.

Eeva nyökkäsi ja mietti, oliko hänen erään poikkeuksellisen pahan Visulahden lomalta saadun vatsataudin jälkeen saamansa bakteerikammo hänen jumalallista perintöään.

"Zus sen sijaan on vieraillut maassa varsin usein, niin kuin varmasti tiedätkin."

Eeva rypisti otsaansa ja muisteli, mitä oli nuoruudessaan paikallisista jumalista oppinut. Hänen muistikuvansa mukaan Zus oli paikkakunnan pääjumalana ja ukkosen herrana kyllä siittänyt useita jälkeläisiä, joskaan Zus tosin ei vaikuttanut ikinä jaksaneen perehtyä kovin tarkkaan maapallon taksonomiseen järjestelmään ja oli ilmaantunut maan kamaralle useammin joutsenen, muurahaisen tai härän kuin ihmisen muodossa - siittäen siitä huolimatta melko vaikuttavan määrän ihmissyntyisiä jälkeläisiä, joista osa oli syntynyt jopa ilman kuutta raaja, sarvia, tai paritteluelintä, joka olisi saattanut korkkiruuvin keksijän häpeään.

"Jumala taas päätti lähettää ensin pyhän henkensä suorittamaan varsinaisen ... toimituksen ... puolestaan. Pyhällä hengellä ei taas ole varsinaisesti fyysistä inkarnaatiota, joten häneltä puutuivat maassa esimerkiksi, noh, silmät. Henki toki pystyy erottamaan elolliset olennot, mutta...", enkeli vaikeni hetkeksi.

"Jumala toki rakastaa esikoisiaan karhukaista ja orvokkia kuin omia lapsiaan, joita he tietysti ovatkin", enkeli jatkoi lopulta. "Mutta luulen, että Jumala kuitenkin toivoi edelleen hieman enemmän hänen oman kuvansa kaltaista jälkeläistä", enkeli muotoili mahdollisimman diplomaattisesti. "Niinpä Jumala lopulta voitti inhonsa inkarnaatiota kohtaan, ja astui maan päälle."

Eeva katsoi Briellia hämmästyneenä. Tästä ei Pyhässä Kirjassa oltu puhuttu. Enkeli näytti hieman vaivaantuneelta asetellessaan seuraavat sanansa huolellisesti.

"Se tapahtui erään Bridgeturnauksen jälkeen. Turnaus kesti useamman päivän ja myös Onyssos oli osallisena", enkeli totesi huokaisten mainitessaan viininjumalan nimen.

"Noh, jossain vaiheessa Jumala sitten siis päätti lähteä maan päälle hankkimaan itselleen jälkeläisen Zusin tapaan. Hän saapui hieman päiväntasaajan pohjoispuolelle noin vuoden kaksikymmentä tienoilla, teidän ajanlaskunne mukaan", jatkoi enkeli ennen kuin vaikeni taas.

Eeva kuunteli kiinnostuneena.

"Tarinan seuraavasta vaiheesta on monta tulkintaa", enkeli muotoili. "Jumala joka tapauksessa tapasi maassa Filiuksen, ja julisti tämän olevan hänen poikansa. Jumalan mukaan kyse oli tietysti huolellisesta valinnasta tai isänrakkaudesta ensi silmäyksellä, riippuen hieman kertomuksesta", enkeli jatkoi.

"Entä ne muut tulkinnat?", Eeva kysyi uteliaisuuden voitettua vaistomaisen pelon kuulla yksityiskohtia taivaallisen isänsä lapsenhankinnasta.

Enkeli vilkaisi ympärilleen, madalsi ääntään ja kumartui Eevan puoleen.

"Jalaviran on kuultu levittävän huhua, jonka mukaan Jumala oli yrittänyt vietellä naisen, mutta sammunut vuoteeseen lisääntymisen kannalta keskeisellä hetkellä. Herättyään seuraavana aamuna ainoastaan huomattavan päänsäryn kera, Jumala oli astunut ulos, tarttunut ensimmäistä vastaan kävellyttä miestä harteista, ilmoittanut olevansa Jumala ja julistanut tämän pojakseen ennen kuin oli noussut nopeasti taivaaseen ", enkeli sanoi.

"Jumala tietenkin on kuitannut moiset puheet vain kateellisena panetteluna siitä, että Jalavira oli ollut kyseisessä bridgeturnauksessa häviäjien joukkueessa", enkeli jatkoi suoristaen selkänsä.

"Filius *on* siis adoptoitu", Eeva täsmensi.

"Tavallaan kyllä", enkeli myönsi. "Hän on syntyperältään täysin ihminen. Joskin...", enkeli haki hetken seuraavia sanoja. "Ihminen ei voi pysyä täysin ihmisenä, jos tarpeeksi monet ihmiset *uskovat* hänen olevan syntyjään Jumalan poika. Uskolla on nimittäin valtava voima."

Eeva katsoi enkeliä hieman hämmentyneenä.

"Katsos, taivaaseen astuttuaan ihmiset todella unohtavat varsin pian kaikki maalliset murheensa." Enkeli katsoi Eevaa varmistaakseen, että tämä ymmärsi.

Eeva nyökkäsi pienesti. Saman lauseen hän oli lukenut Pietarin esitteestä. Ja häntä vastaan kävellyt nainen ei taatusti miettinyt kirjaston kirjojen sakkomaksuja.

"Ihmiselämä vain sattuu koostumaan valtaosaltaan maallisista murheista", enkeli jatkoi hieman pahoittelevaan äänensävyyn. "Murheet muovaavat ihmisten identiteettiä, antavat näille, hmm, tunnusomaisen luonteen. Tavallisista ihmisistä tulee yleensä taivaassa autuaita. *Vain ja ainoastaan* autuaita", enkeli päätti.

Eeva mietti polulla kohtaamaansa naista ja alkoi ymmärtää, mitä Briell tarkoitti.

"Filius taas jumalan lapsena, vaikkakin adoptoituna, on säilyttänyt joitain inhimillisempiä piirteitään huolimatta siitä, että on syntynyt tavalliseksi ihmiseksi", enkeli selitti.

"Useimmat taivaaseen saapuvat sielut muistavat oman nimensä vielä jonkin aikaa, mutta usein sekin unohtuu ennen pitkää", enkeli jatkoi.

Eevan läpi kulki puistatus. Muuttuisiko hänkin seesteisyyttä säteileväksi zombiksi kuin polulla kulkenut nainen? Toisaalta nainen oli eittämättä näyttänyt onnelliselta, joten ehkä taivaallinen lobotomia ei olisi niin pahasta.

"Sinä tietysti olet jumalallisen syntyperäsi vuoksi erilainen", Briell sanoi ja hymyili Eevalle lempeästi aivan kuin arvaisi tämän ajatukset.

"Jos palaamme alkuperäiseen kysymykseesi sinun alkuperästäsi, niin vaikka Filius sai tiettyjä Jumalallisia piirteitä, koska häntä alettiin pitää jumalan jälkeläisenä, ei hän kuitenkaan ollut pohjimmiltaan jumalallista alkuperää. Asia vaikutti vaivaavan

Jumalaa, jolle Zus edelleen irvaili bridgekerhossa. Niinpä Jumala päätti hankkia uuden lapsen, ja lähetti tällä kertaa paikalle minut", Briell jatkoi.

Eeva katseli hämmästyneenä enkelin veistoksellista ulkomuotoa ja selkään taiteltuja kimmeltävää siipireppua.

"Oletko ... sinä ja äitini siis...?", Eeva kysyi. Kauhu alkoi hiipiä hänen mielensä sen alkaessa valmistaa kuvia, joiden käsittelemisiin tarvittaisiin vähintään puolen vuoden viikoittaiset istunnot tohtori Glaubenstraum-Mättösen kanssa. Enkeli hymyili Eevalle huvittuneena.

"Ei, sellainen on enemmän Zusin heiniä. Sanotaanko, että minä ennemminkin olin paikalla tietyssä alkionkehityksesi keskeisessä vaiheessa. Vain hengessä, tietysti", enkeli täsmensi nähdessään Eevan epäuskoisen ilmeen. "Minä ikään kuin istutin jumalallisen villiviinin siemenen inhimillisen perimäsi seinän juureen. Tuo villiviini on kietoutunut maaliseen minuuteesi niin tiukasti, että maallinen minuutesi säilyy muita vahvemmin myös taivaassa", enkeli jatkoi Eevan mielestä hieman ontuvaa vertausta.

Eeva ei ollut täysiin varma, oliko hän pettynyt vai huojentunut siitä, ettei hänestä tulisi autuasta tyhjäpäätä. Oli tietysti aivan hänen tuuriaan, että mannassa kieriskelyn sijan juuri hän istuisi taivaassa iäisyyden huolehtimassa kesken jääneistä töistä ja miettimässä, miten selittää lähikirjastonsa hoitajalle, miksi hänen lainaamaansa kirjat olisivat myöhässä.

Toisaalta Eevan oli myös edelleen vaikea uskoa olevansa edes osittain jumalallista alkuperää. Luulisi, että hänellä olisi ollut edes jotain yliluonnollisia voimia, tai että hänestä olisi *tuntunut* jollain tapaa jumalalliselta.

"Jos olen Jumalan tytär, miksei minulla ole mitään jumalallisia... kykyjä?", Eeva kysyi epäilevästi.

Enkeli hymyili hänelle ymmärtäväisesti.

”Usko on voimakas asia”, hän lausui lähes ärsyttävän rauhallisesti. ”Jos kaikki uskovat vakaasti, että olet aivan tavallinen ihminen, niin, noh, jumalallisuutesi ikään kuin mukautuu tähän uskoon. Jumala kyllä pohti, pitäisikö sinulle kertoa asiasta, mutta hän on usein hyvin ... kiireinen”, enkeli asetteli sanojaan.

”Mikä oli lopulta ehkä siunaus. Ihmiset eivät jostain syystä aina suhtaudu kovin myötämielisesti jumalan jälkeläisiin. Niin kuin nyt vaikka Filius... ”, enkeli vaikeni huokaisten.

”Mutta... Eikö Filiuksen kuolema ollut Jumalan suuri suunnitelma?”, Eeva kysyi mietittyään asiaa hetken.

Enkeli kohotti Eevalle hieman kulmiaan, ja virkkoi sitten hitaasti.

”Niin Jumala on toki ilmoittanut.”

Eeva istui hetken vaiti.

”Mitä muut Jumalat sanoisivat asiasta?”

Briell vilkaisi Eevaa ja hymyili tälle salaliittolaisen tavoin.

”Jalavira on tiettävästi levittänyt varmastikin täysin valheellista huhua, jonka mukaan Jumala olisi huomannut poikansa kuoleman vasta kolme päivää tämän teloituksen jälkeen, ja noutanut hänet hyvitykseksi taivaaseen tulisilla vaunuilla, jotka tavallisesti on varattu maailmanloppua ja muita vastaavia tilanteita varten.”

Eeva muisteli Pyhästä Kirjasta lukemaansa kertomusta messiaan kolmantena päivänä tapahtuneesta kuolleista nousemisesta. Kirja alkoi vaikuttaa enkelin selityksen myötä yhtäkkiä huomattavasti uskottavammalta. Eeva katseli idyllistä maisemaa ja sulatteli hetken kaikkea kuulemaansa. Sitten hän katsoi enkeliä.

”Voiko usko siis muokata jumaluutta?”

Enkeli oli hetken vaiti ja katseli kaukaisuuteen.

"Minun tietoni maailmankaikkeudesta on rajallinen", enkeli tunnusti.

"Ja jos jumalat tietävät siitä kaiken, he eivät ole kovin innokkaita ajattelemaan asiaa", hän jatkoi luoden katseensa Eevaan. "Joten en tiedä, mikä on lopullinen totuus. Mutta sanotaanko vaikka, että erään teorian mukaan, usko on *luonut* jumalat."

Eeva nyökkäsi hiljaa kannustaen enkeliä jatkamaan.

"Oletetaan siis hetken, että ihmisten usko pystyy muokkaamaan todellisuutta", enkeli jatkoi ja Eeva nyökkäsi uudestaan. "Eli jos ihmiset uskovat taivaan olevan vaaleanpunaisista hattaroista tehty pilvilinna, jota hallitsee suuri pääsiäispupu, kyseisen jumalan tulisi nähdä jatkuvasti huomattavan paljon vaivaa estääkseen kahta pitkää korvaa ja nököhampaita ilmaantumasta hänen päähänsä." Enkeli katsoi Eevaa varmistuakseen, että tämä oli vielä kärryillä. "Eli jos ihmiset uskovat, että jumala on ollut olemassa ennen ihmiskuntaa ja luonut kaiken, niin tämän teorian mukaan se ikään kuin muuttuu todeksi."

Eeva pyöritteli tätä muna vai kana -teoriaa hetken päässään. Se vaikutti hieman samalta kuin kuva neljästä toisiinsa liitetystä portaikosta, jossa rappuset vaikuttivat nousevan jatkuvasti ylöspäin, vaikka portaat muodostivat yhtenäisen neliön. Tai ehkä kyse oli enemmänkin vertauksesta, jossa ihmisen on mahdollista lähteä pohjoisnavalta, kulkea suoraan linjaa päiväntasaajalle, kääntyä tasan yhdeksänkymmentä astetta oikealle, kävellä taas suoraa linjaa, kääntyä toiset yhdeksänkymmentä astetta oikealle ja palata sitten suoraa linjaa kulkemalla takaisin lähtöpisteeseensä. Asiaa oli mahdotonta tehdä litteäksi levitetyllä karttapaperilla, sillä koko homma perustui siihen, että maapallo oli kolmiulotteinen ja pyöreä. Eeva nyökkäsi hitaasti.

Enkeli vilkaisi ympärilleen ja madalsi hieman ääntään. "Toisaalta, jos ihmiset menettävät uskonsa jumaliin, he heikkenevät", enkeli jatkoi. "Jotkut sanovat, että se on syy, miksi Zus ei esimerkiksi juurikaan enää käy maan päällä. Ihmiset toki tietävät hänen olevan antiikin jumala, joten hän on yhä olemassa, mutta hyvin harva enää oikeasti *uskoo* häneen. Olisi todella nöyryyttävää yrittää inkarnaatiota vain huomatakseen, ettei enää kykene siihen", enkeli lopetti.

Eeva katseli edessään avautuvaa taivaallista maisemaa mietteliäänä.

"Mutta jos ihmiset uskovat, että jumalat ovat kaikkivoipia", Eeva muotoilu kysymystä päässään hitaasti. "Niin eikö jumalien silloin kannattaisi muuttaa maailmaa siten, että ihmiset uskoisivat heinin aina? Ja mikseivät he käytä sitten voimiaan ja luo maailmasta *parempaa*?", Eeva jatkoi.

Enkeli hymyili Eevan tuohtumukselle hetken ennen kuin vastasi.

"Luominen on ... monimutkaista", aloitti enkeli.

"Ajatellaanpa vaikka ihmisiä. Ihmisethän pystyvät lisääntymään halutessaan. Eli oikeastaan luomaan uusia ihmisiä".

Eeva nyökkäsi epäileväisenä.

"Mutta uuden ihmisen luominen vaatii päätöksen lisäksi myös tekoja", enkeli piti pienen tauon Eevan toivoessa, että tämä jättäisi tarkemmat yksityiskohdat kuvailematta.

"Olevainen maailma voi nimittäin olla kovin vaikeasti hallittava", enkeli jatkoi. "Toisinaan ihmisen luominen vaatii useamman yrityksen, ja toisinaan taas ihminen alkaa muodostua, mutta loppuu lähes saman tien. Olevainen maa on nimittäin luonnon valtakuntaa, ja sillä on aina sormensa pelissä. Vaikka ihmiset siis pystyvät luomaan lisää ihmisiä, eivät he voi kuitenkaan puuttua kaikkiin yksityiskohtiin", enkeli selitti heiluttaen samalla kättään.

"Toisinaan syntyvällä ihmisellä saattaa olla vaikka yhdeksän sormea, vaikka hänet aikaan saaneet ihmiset olisivat nimenomaisesti yrittäneet luoda ihmisen, jolla sormia on kymmenen", enkeli katsoi Eevaa, joka nyökkäsi hieman epäröivästi.

"Periaatteessa olisi toki mahdollista käsityönä yhdistää solut geeni geeniltä jokaisessa jakautumisvaiheessa siten, että varmistettaisiin kymmenen sormen lukumäärä. Käytännössä se olisi kuitenkin valtavan työlästä. Ja toisaalta, mitä hyötyä olisi täsmälleen kymmenestä sormesta, jos ihmiseltä kaikesta huolimatta sattuisi puuttumaan jonkun toisen epäonnisen jakautumisen myötä esimerkiksi aivot? Jokaisen geenin yhdistäminen jokaisessa solussa siten, että ihmisestä tulisi *täysin* halutun kaltainen, olisi taas valtavan suuri urakka. Ja se olisi silti vasta alkua. Saattaahan ihminen myös vaikka työntää sormensa sirkkeliin ja päätyä taas yhdeksään sormeen. Sen varmistamiseksi, että ihmisellä olisi koko elämänsä ajan kymmenen sormea, häntä pitäisi valvoa hänen joka ikisen elämänsä hetken ajan", enkeli jatkoi ja katsoi Eevaa. "On siis huomattavasti helpompaa, vain laittaa asia niin sanotusti alulle, ja antaa luonnon hoitaa loput. Ja jumalat todella pitävät helposta", enkeli lopetti.

Eeva istui hetken hiljaa miettien kuulemaansa.

"Maailma menee siis päin helvettiä, koska asioihin puuttuminen on siis jumalille *työlästä*", Eeva summasi. Jumalat vaikuttivat olevan huomattavasti inhimillisempiä kuin Eeva oli kuvitellut.

Briell nyökkäsi.

"On myös hyvä muistaa, että epäonnistuminen olisi muiden jumalien silmissä äärimmäisen noloa. Katsos, uskomuksen mukaan ihmiset on luotu jumalien kuvaksi. Inhimilliset luonteenpiirteet, ovat siten oikeastaan lopulta kovin ... jumalallisia", enkeli selitti.

Eeva yritti saada ajatuksiaan järjestykseen. Hänestä alkoi vaikuttaa siltä, että Jumala oli kaikkivoipa samalla, periaatteessa absoluuttisella mutta käytännössä täysin mitättömällä tavalla, kuin Eevan entinen poikaystävä oli ollut aivan kykenevä viemään roskat ulos lähtiessään baariin kavereidensa kanssa. Hän alkoi ymmärtää, miksi maailmassa oli, Jumalan sanoin, niin sotkuista.

6

Eeva paiskasi huoneensa oven kiinni ja potkaisi suutuspäissään lattialla olevaa siivekästä koiraa esittävää valkoista patsasta. Eevan harmiksi patsas ei tosin ollut posliinia, niin kuin hän oli olettanut, vaan helmiäisellä päällystettyä kultaa.

"Voi Jumalan Helvetin Saatana!" Eeva karjui pomppien yhdellä jalalla ja rojahtaen lopulta upottavalle sängylleen.

Eeva oli jo aiemmin, erään kerubin puutteellisen koordinaation vuoksi, huomannut, että kivun aistiminen oli yksi hänen maallisista ominaisuuksistaan, jotka olivat seuranneet häntä tuonpuoleiseen. Ei hänkään toki varsinaisesti ollut loukkaantunut, mutta Eeva oli huomannut, että keskivertoa pulskemman tenavan putoaminen niskaan puun latvasta aiheutti hänelle varsin ikävän päänsäryn loppupäiväksi (tai kenties viikoksi. Eevan oli edelleen kovin vaikeaa pysyä kärryillä ajan kulusta). Eeva oli myös huomannut, että taivaassa ei ollut mahdollista kiroilla. Sanat kyllä pystyi muodostamaan suullaan, mutta jokin taivaallinen voima sensuroi hänen ilmoilla päästämänsä voimasanat siten, että hänen huutonsa katkesi yllättäen. Niinpä Eeva oli oppinut varsin lyhyessä ajassa käyttämään vain jumalallisia nimiä ja paikkoja turhautumisensa ilmaisuun. Ja turhautunut Eeva usein oli.

Eeva takoi nyrkeillään taivaallisen pehmeää höyhentyynyään, josta leijaili ärsyttävän eteerisesti kimmeltäviä höyheniä ilmaan. Hän oli lopen kyllästynyt taivaaseen ja kaiken läpitunkevaan seesteisyyteen. Hän oli kyllä aluksi parhaansa mukaan yrittänyt sopeutua taivaselämään. Hän oli kokeillut kuorolaulua vain huomatakseen, että hänen eripariset äänijänteensä olivat valitettavasti myös yksi häntä taivaaseen seuranneista maallisista ominaisuuksistaan. Hän oli myös harjoitellut harpunsoittoa (vain kolmen kielen katkaiseminen oli Eevan mielestä ihan kohtuullinen suoritus), uinut seesteisissä lähteissä ja yrittänyt jopa kutoa kangasta, mikä oli ilmeisesti ollut suurta huutoa joskus muinaisuudessa. Kun viimeksi mainittu yritys oli päättynyt siihen, että Briellin piti leikata Eevan hiukset irti sotkeentuneista kangaspusta, oli Eeva päättänyt, että taivaalliset harrastukset eivät olleet häntä varten. Erään varsin pitkäveteisen päivän päätteeksi Eeva oli jopa käynyt kuuntelemassa Filiuksen bändin treenejä, mutta poistunut vähin äänin kehuttuaan solistia "oikein vaikuttavan kuuloisesta soolosta", vaikka tämä oli todellisuudessa yrittänyt yskiä ja yökkäillä kurkustaan sinne vahingossa vetämäänsä mannahiutaletta. Filius oli toki yrittänyt puhua Eevaa osallistumaan toistamiseenkin, mutta tämä oli kohteliaasti kieltäytynyt.

Eeva ei ollut varma, tunsiko ihailua, kateutta vai sääliä katsellessaan, kuinka Filius eli taivaassa aivan kuin kyseessä olisi rentouttava loma. Filius istui mielellään Jumalan patiolla katselemassa pilviä tai harjoitteli bändinsä kanssa. Filius oli koko taivaassaoloaikansa hädin tuskin vilkaissut maapallon tapahtumia – mistä Eeva ei tosin voinut Jumalan poikaa syyttää, ottaen huomioon tavan, jolla tämä poistui ajasta ikuisuuteen. Filiuksen vakioilme oli ystävällisen ilahtunut hymy, jolla tämä kultaisen noutajan tavoin jaksoi tervehtiä Jumalaa tämän kompastellessa kotiinsa bridgeiltojen päätteeksi. Filius ei kritisoinut, Filius ei kyseenalaistanut. Filius vain hyväksyi. Hyväksyi ja hymyili.

Jossain vaiheessa Eeva oli miettinyt, johtuiko hänen velipuolensa lammasmainen olemus maanpäällisen elämän tuottamasta posttraumaattisesti stressistä. Koska tohtori

Glaubenstraum-Mättönen vaikutti elävän vielä voimiensa tunnossa, oli Eeva jopa etsinyt Briellin avustuksella taivaassa käsiinsä miehen, jota kutsuttiin länsimaisen psykoanalyysin isäksi. Reissu tosin osoittautui turhaksi, sillä keskusteltuaan nurmikolla kuperkeikkoja tekevän ja hihittävän miehen kanssa hetken, Eeva tuli tulokseen, että ellei messiaan vaiva liittynyt hänen suvunjatkamiselimensä pituuteen, käyttöön tai olemassaoloon, ei länsimaisesta psykoanalyysista vaikuttanut olevan paljon apua.

Eevasta taas tuntui siltä, kuin hän olisi ollut viettämässä päättymätöntä joululomaa vanhempiensa kanssa. Mitä enemmän Eeva oli yrittänyt mukautua lempeästi hymyilevien sielujen joukkoon, sitä ulkopuolisemmalta hänestä oli alkanut tuntua. Hänen maalliset murheensa eivät olleet kadonneet, päinvastoin häntä vaivasi yhä enemmän se, ettei hän tiennyt mitään, mitä maan päällä tapahtui. Kuinka paljon aikaa oli kulunut hänen kuolemastaan? Oliko maailma vielä ennallaan? Oliko hänen pieni yksiönsä ulosmitattu maksamattomien kirjaston myöhästymismaksujen takia? Hän oli pyytänyt Briellia viemään hänet joitain kertoja katselemaan maata, mutta enkeli oli vain pudistanut päätään, joten Eeva ei voinut taivaasta käsin päätellä maailman menosta mitään muuta kuin sen, että ihmiset edelleen vaikuttivat syntyvän, elävän ja kuolevan ja uskovan ainakin jossain määrin jumaliin.

Hän oli yrittänyt myös saada Jumalaa kiinnostumaan maailman menosta, mutta täysin turhaan. Hänen taivaallisen isänsä keskittymiskyky vaikutti olevan täysin varattu Bridgeturnauksille ja muihin jumalten keskinäisiin kisailuihin – unohtamatta näitä luonnollisesti seuraavia häviö- tai voittojuhlia viinijumala Onyssoksen tiluksilla. Hän oli jopa vieraillut muiden jumalten asuinsijoilla, mutta huomannut, että ketään muutakaan jumalista ei vaikuttanut kiinnostavan juuri muu kuin taivaassa tapahtuvat kriisit. Näistä viimeisimpänä esimerkkinä oli pitkällinen välienselvittely, joka johtui siitä, että Jalavira oli kuiskannut viljavista pelloista tunnetun muinaisen 'A-jumalan korvaan, että Jumala olisi aikoinaan kuiskannut sanan "gluteeniton on uusi musta" erään sliipatun, kofeiinilla ja kokaiinilla elävän mainostoimiston nousevan tähden korvaan tämän osallistuessa virkistystoiminnaksi nimettyyn ayahuasca-rituaaliin.

Eevalle oli alkanut valjeta, että kun ensimmäiset jumalat olivat tajunneet, että heidän ydintehtävänsä – auringon nousemaan ja laskemaan saaminen, sekä suhteellisen tasaisena toistuvat sääilmiöt – hoitivat luonnonlakien vuoksi oikeastaan itse itsensä, olivat he alkaneet keskittyä lähinnä itsensä huvittamiseen ja kääntyneet maan puoleen lähinnä tarkistaakseen muutaman sadan vuoden välein, että kaikki pyöri suurin piirtein ennallaan. Jumalien mittapuulla "suurin piirtein ennallaan" vaikutti tarkoittavan tosin lähinnä sitä, että maa ei ollut esimerkiksi syöksynyt aurinkoon ja että maan pinnalla oli edelleen edes muutama tarpeeksi älyllinen elämänmuoto, joka oli kykeneväinen uskomaan jumaliin edes jossain muodossa.

Eeva oli yrittänyt jutella maallisista asioista myös velipuolensa kanssa, mutta tämä oli vain lammasmaisesti kehottanut Eevaa puhumaan heidän isälleen, joka varmasti varjelisi luotujaan niin Eevan vouhottamalta ydinsodalta kuin massasukupuutolta. Eeva oli yrittänyt myös saada Filiuksen puhumaan kannattajilleen edes hitusen järkeä, mutta hänen adoptioveljellään ei näyttänyt olevan sen parempaa käsitystä kuin Eevallakaan siitä, miten hän edes teoriassa pystyisi puuttumaan taivaasta käsin maan asioihin.

Eeva oli myös yrittänyt saada maan asioista tietoa muilta sieluilta, mutta kun Eeva oli yrittänyt kysyä, oliko kolmas maailmansota tai massasukupuutto jo alkanut, jopa vasta taivaaseen saapuneetkin sielut katsoivat Eevaa hämmästyneenä, kuin tämä olisi kysynyt heiltä, millaista unta he olivat nähneet kolme vuotta sitten tiistina kello 3.15.

Eeva oli ensin kyllästynyt, sitten närkästynyt, ja lopulta suoranaisesti raivostunut taivaan pysähtyneeseen seesteisyyteen ja jumalien täydellisyyttä hipovaan mielenkiinnon puutteeseen luotujaan kohtaan. Jopa Eevan tiedusteluihin siitä, mitä sieluille todella kävi kuoleman jälkeen, oli hänen isänsä vain vastannut toteamalla, ettei voinut paljastaa Eevalle asioita, joita hänen osaksi kuolevainen mielensä ei voisi käsittää. Mikä puolestaan sai Eevan uskomaan yhä varmemmin, että Jumala oli kaikkitietävä samalla tavalla kuin hänen entinen poikaystävänsä oli ollut tietoinen siitä, että Eevan syntymäpäivä oli ollut juuri sinä viikonloppuna, kun mies oli päättänyt lähteä yllättäen viettämään mökkiviikonloppua ystäviensä kanssa. Ketään muuta kuin Eevaa ei näyttänyt juurikaan liikuttavan se, että maassa oli mitä luultavammin käynnissä ekokatastrofi, sotatila, pandemia ja ennätystä hipova kirjaston myöhästymismaksujen kumuloituma.

Eevan viimeisin hermojen menetys johtui taas yhdestä perheillallisesta, jonka Jumala oli halunnut järjestää. Eeva oli oikeastaan aika ylpeä kehittämistään kommunikointitaidoistaan. Hän oli vetänyt nuorena partioleirejä ja oli sitä mieltä, että ihminen, joka sai riehuvan kymmenpäisen lapsilauman istumaan kiltisti ja käsittelemään useita erilaisia teräaseita niin, että tuloksena on lämmin kamiina eikä useampi amputoitu jäsen, ansaitsisi mitalin joukkojenhallinnasta. Hän tiesi, että huutaminen oli turhaa, eikä hän ollut tarpeeksi suurikokoinen isotellakseen tai herättääkseen kunnioitusta pelkällä olemuksellaan. Jos hän halusi rankaista jotain tottelematonta viikaria, hän ei koskaan huutanut, vaan odotti että tilanne rauhoittui ja vei sitten lapsen sivummalle ja antoi tälle Vakavan Katseensa, ja jos tilanne oli todella paha, saattoi hän jopa todeta hitaasti olevansa pettynyt. Se yleensä tehosi. Eeva oli oikeastaan sitä mieltä, että hänestä olisi tullut reiluna ja empaattisena, mutta tarpeen tullen myös tiukkana erittäin hyvä johtaja. Eeva ei ymmärtänyt, miksi armeijaa pidettiin hyvänä johtamiskouluna, olihan siellä pakko rangaistuksen uhalla totella ylempiään. Lapsia ei taas saanut uhkailla tai rangaista, varsinkaan jos ne eivät olleet omia. Eevan kokemuksen mukaan Panttivanitilanteen ratkaiseminen neuvottelemalla ei ollut suoritus eikä mitään verrattuna siihen, että sai kaksitoistavuotiaan esiteinin lopettamaan kännykän räpläys ja harjoittelemaan paalusolmun tekoa. Luottavaisena omiin taivuttelukykyihinsä Eeva oli suunnitellut etukäteen huolellisesti puheen, jossa hän toi laajasti ilmi maailman ongelmat ja kärsimykset yrittäen herättää hänen taivaallisessa isässään edes pienintä myötätuntoa tai toiminnan halua. Jumala oli nyökkäillyt ja hymähdellyt Eevan huolellisesti laadittujen perustelujen ajan napsien pöydällä seisoneesta runsaudensarvesta hedelmiä ja mannaa. Eevan toivo Jumalan mielenkiinnon tai syyllisyydentunnon heräämisestä ehti jo viritä, kun hän lopetti selostuksensa kysymällä, voisiko Jumala edes harkita aivan pikaista visiittiä maan päälle setvimään edes muutaman epäkohdan. Jumala oli hymähtänyt mietteliäästi ja ahtanut suuhunsa vielä viidennen viikunaa muistuttavan hedelmän. Eeva oli pannut kaikki suostuttelun taitonsa peliin ja lisännyt loppuun vielä sydäntä särkevän kuvauksen äärisään aiheuttamasta nälänhädästä ja pullottavavatsaisista lapsista, jolloin Jumala oli viimein lopettanut syömisensä ja siirtänyt katseensa Eevaan hymyillen ystävällisesti.

"No mutta sehän kuulostaa hienolta. Pyydä ensi kerralla myös Filius mukaan", Jumala oli todennut ja taputtanut Eevaa rohkaisevasti kädelle, noussut pöydästä, poiminut myhäillen pöydällä lojuneet pelikortit, ja suunnannut ulos ovesta. Eeva oli tajunnut, ettei Jumala ollut taaskaan kuunnellut sanaakaan hänen sanomastaan, mikä oli taas johtanut Eevan varpaan ikävään kohtaamiseen kultaisen koriste-esineen kanssa.

Eeva löi tyynyä uudestaan, mutta hänen höyhensarjan nyrkkeilyottelunsa keskeytti ikkunasta kuulunut kova tömähdys. Eeva oli juuri nousemassa katsomaan, mikä metelin oli aiheuttanut, kun ulkoa alkoi kuulua kovaa parkunaa. Taas yksi ikkunaan lentänyt kerubi, Eeva päätteli ja lysähti takaisin sängylleen. Eeva oli vahvasti sitä mieltä, että se, jonka mielestä ympäriinsä lentelevät taaperot luovat paikkaan seesteisyyttä, ei ollut luultavasti koskaan itseasiassa tavannut oikeaa ihmislasta. Eevan mielestä ympäriinsä lentelevät vaippaikäiset toivat lähinnä mieleen ylikasvaneet kärpäset, jotka ilmaantuivat ärsyttävästi surisemaan korvan juureen juuri kun halusi olla rauhassa. Eeva oli maininnut asiasta Filiukselle, jonka mielestä tämä oli varsin mauttomasti sanottu, joskin hän myönsi, että Jumala oli kuulemma luopunut illallisjuhlien järjestämisestä viiniköynnösten kauniisti ympäröimällä patiollaan sen jälkeen, kun yksi siivekäs vauva oli laskeutunut takamus edellä boolimaljaan räiskyttäen nektaria Froditan puvulle.

Eeva lysähti takaisin sängylleen ja katseli katossa olevaa kuuluisan renesanssimaalarin freskoa, kun päätös alkoi muotoitua hänen päässään. Jos ketään muuta ei kiinnostanut laittaa maan asioita kuntoon, niin hän tekisi sen itse. Innostuksen väreet valuivat Eevan selkää pitkin hänen sormiinsa, kun hän pomppasi

istumaan sängyllään. Hän oli tehnyt päätöksen. Enää hän tarvitsi
suunnitelman.

7

"Ai hei Eeva!", Filius huudahti iloisesti ja heilutti kättään.

"Shhhhh!" Eeva viittilöi Jumalan poikaa vaikenemaan.

Eeva oli kyyristynyt erään varsin lehtevän puun juurelle taivaallisen sotajoukon harjoitusareenan lähellä ja viittoi velipuolensa luokseen.

"Miksi kutsuit minut tänne?", messias kysyi ystävällisen uteliaana.

Kädessään Filius kantoi orkideaa, jonka Eeva olisi voinut vannoa heiluttaneen hänelle ylimielisesti keskimmäistä terälehteään. Filiuksen kannoilla kipitti karhukainen.

"Tarvitsen apuasi", Eeva kuiskasi katsellen niityllä harjoittelevia enkeleitä.

Filius kurkotteli päätään Eevan katseen suuntaan.

"Ai haluat liittyä sotajoukkoihin? Minä voin toki antaa vinkin tai pari. Tärkeintä on muistaa, että vihollisen hyökätessä", Filius esitti sarjan varjonyrkkeilyä, "tulee vain kääntää aina toinen poski. Näin", Filius heilutteli päätään puolelta toiselle näkymättömien iskujen voimasta.

Eeva katsoi hetken velipuoltaan sanattomana.

"Ja jos isku tulee vatsaan", Filius jatkoi kumartuen kaksin kerroin kuvitteellisen iskun voimasta, "käännä viholliselle silloin selkä", Filius jatkoi tulkiten Eevan äimistyneen katseen vaikuttuneisuudeksi.

Filius pyöri kyyryssä puolelta toiselle kuin reumatismista kärsivä ripaskantanssija. Eeva painoi kätensä kasvoilleen ja huokasi.

"Minä tarvitsen hevosen", Eeva keskeytti Filiuksen esityksen ja vilkaisi niityn toisella laidalla olevia talleja kohti.

Eeva oli pohtinut suunnitelmaa pitkään. Hänen oli yrittänyt selvittää Brielliltä, kuinka Jumalat ja enkelit onnistuivat liikkumaan taivaan ja maan välillä, mutta enkeli oli aloittanut hyvin polveilevan selostuksen Jumalan tahdosta sekä siipien kosmisdynaamisista ominaisuuksista. Seuraavaksi Eeva oli ottanut asian puheeksi seuraavalla perheillallisella. Eeva oli astunut heti Jumalan eteen tämän saavuttua huoneeseen ja ilmoittanut haluavansa lähteä käymän maan päällä. Jumala oli vaikuttanut ensin hämmästyneeltä ja sitten hieman ärtyneeltä ja ilmoittanut, että maa oli "epähygieeninen" paikka, ja että Eevalla oli taivaassa kaikki, mitä tämä tarvitsi. Silloin Eeva oli päättänyt turvautua salaiseen aseeseensa, eli naisellisiin avuihinsa, joiden edessä hänen kokemuksensa mukaan kaikki murrosiän ylittäneet miehet olivat voimattomia. Niinpä Eeva oli kumartunut aavistuksen Jumalan puoleen ja kuiskannut, että hänen oli ehdottomasti päästävä maahan ja että asia liittyi *kuukautisiin*. Kuten kaikki muutkin mystisiin naisellisiin avuihin törmänneet miehet, myös Jumala häkeltyi ja alkoi yksiä ja selvitellä kurkkuaan ja väännellä käsiään pystymättä luomaan katsekontaktia Eevaan. Eeva oli luullut jo onnistuneensa, kun Jumala oli mumisten jotain kiireellisistä asioista kääntynyt ja lähtenyt ovesta. Lopputuloksena oli kuitenkin Eevan pettymykseksi vain se, että paikalle oli tovin kuluttua liihottanut Frodita, joka selittänyt Eevalle varsin pitkällisesti ja tarpeettoman korulauseisesti, miten hän voisi taivaassa itse säädellä "hehkuvan ruusunsa" toimintaa.

Eeva oli jo lähes luopunut toivosta, kun hän muisti velipuolensa ylösnousemuksen. Jumala oli lähettänyt taivaallisen ratsuväkensä noutamaan vaunuillaan Filiuksen taivaaseen. Taivaassa täytyi siis olla hevosia, joilla oli kyky siirtyä maallisesta maailmasta jumalalliseen, Eeva päätteli. Hän lainaisi yhtä hevosta ja karauttaisi tuonpuoleisesta takaisin maan päälle. Ei se voinut olla kovin vaikeaa, Eeva yritteli vaakutella itselleen, kun muisto hänen viimeisimmästä ratsastuskokemuksestaan nousi esiin. Eevan ensikosketus hevosiin oli tapahtunut hänen vieraillessaan viisivuotiaana kotieläinpihalla, joka tarjosi myös poniratsastusta. Kavioeläin oli tuskin ehtinyt ottaa ensimmäistä askelta talutushihnassaan, kun Eeva oli jo löytänyt itsensä roikkumasta eläimen mahan alta. Kerta oli jäänyt Eevan ensimmäiseksi ja viimeiseksi yritykseksi. Mutta taivaalliset ratsut olivat varmasti helpompia ratsastaa, Eeva oli yrittänyt lohduttaa itseään suunnatessa talleille.

"Talutusratsastustunnit ovat yleensä vasta ampumaharjoitusten jälkeen", Filius totesi avuliaana keskeyttäen Eevan mietteet.

Eeva katsoi Filiusta ja arvioi, kuinka hyvin tähän voisi luottaa. Filius katsoi Eevaa takaisin avuliaisuutta säteillen.

"Minun täytyy päästä takaisin maahan", Eeva tunnusti lopulta.

Filius kohotti aavistuksen verran kulmakarvojaan.

"Se liittyy menstruaatioon", Eeva totesi välttääkseen pidemmän keskustelun aiheesta.

"Ahaa", Filius totesi. "Onko se jokin bändi?"

Eeva tuijotti hetken vapahtajaa. Ilmeisesti biologian opetus ei ollut ollut järin kehittynyttä maassa muutama tuhat vuotta sitten. Eeva huokaisi.

"Unohda. Sinun ei tarvitse auttaa, jos et halua" Eeva totesi ja lähti hiipimään niityn laidassa olevan tallin suuntaan. Filius kohautti olkiaan ja lähti seuraamaan sisarpuoltaan.

He saapuivat pian tallin seinustalle, jonne oli koottu kultaisena hohtavia heinäpaaleja. Heidän edessään niityllä ihmiset ja enkelit harjoittelivat jousiammuntaa. Eeva oli Filiuksen eduksi oli sanottava, että tämä vaikutti esittävän harvinaisen vähän kysymyksiä, kuten "onko tämä varmasti hyvä idea?" tai "oletko varmasti miettinyt tämän nyt loppuun asti?". Toisaalta, Eeva muistutti itseään, kyseessä oli mies, joka oli antanut väkijoukon lynkata itsensä, koska oli vakuuttunut kaiken olevan osa Jumalan suurta suunnitelmaa.

"Minä menen tallin hakemaan hevosen", Eeva kuiskutti Filiukselle. "Sinun tehtäväsi on vahtia sillä välin ovea ja harhauttaa, jos joku muu pyrkii sisään", Eeva jatkoi ja lähti hiipimään kohti tallin ovia.

Talli oli huomattavasti suurempi kuin mitä Eeva oli odottanut. Se ei myöskään muistuttanut lainkaan punamullalla värjättyjä latoja, joita Eeva oli tottunut yhdistämään sanaan "hevostalli". Talli oli rakennettu taivaalliseen tapaan valkoisesta marmorista ja sen edustaa koristivat roomalaiset pylväät. Tallin korkeaa, kupolin muotoista sisäkattoa koristi suuri, kullatuilla yksityiskohdilla täydennetty yksisarvisia esittävä fresko. Jokaisen pilttuun lattialla oli kullan sävyissä himmeästi hohtavia olkia, ja pilttuiden sisäänkäyntejä erottivat ohuet, koristeelliset kulta- ja hopeaketjut, joissa roikkui nimikylttejä, kuten "Bukefalos II", "Kuningatar Aleksandria Isabella XVI", ja "Zezxhethylopaedious I".

 Myös hevoset olivat suurempia, kuin Eeva oli kuvitellut. Huomattavasti suurempia. Ja jollain tapaa myös *arvovaltaisempia*, kuin yhdenkään kavioeläimen olisi Eevan mielestä pitänyt olla. Eeva nielaisi ja lähestyi varovasti pilttuuta, jota valkokultaisen nimikyltin muukaan asutti Kreivitär Aurorae Lumia V. Hevonen katseli häntä ylhäisestä korkeudestaan ja tuhahti kuuluvasti, kun Eeva ojensi kätensä tavoitellakseen hevosen turpaa koristavaa ohutta kultaista riimua. Eeva yritti ponnettomasti hypätä tavoittaakseen riimun, mutta Kreivitär heilautti päätään ylös ja nousi takakavioilleen korskahtaen. Eeva peruutti nopeasti hevosen valtavien etukavioiden viuhuessa ilmassa hänen päänsä vieressä ja päätti äkkiä uudelleenarvioida suunnitelmansa.

Eeva pakitti takaisin oven suuhun ja viittoi oven edustalla seisoskelleen vapahtajan sisään.

"Auta minua satuloimaan tämä", Eeva sanoi viittoillen häntä vihaisesti mulkoilevaa Kreivitärtä kohti.

"Ei taivaallisia sotaratsuja satuloida. Ne vetävät vaunuja", Filius kertoi opettavaisella äänellä. "Jokaista vaunua tarvitaan vetämään neljä hevosta. Ja ohjastamaan kaksi enkeliä."

Eevan ryhti lysähti. Vaikutti hyvin epätodennäköiseltä, että edes he kahdestaan – tai neljästään, jos orkidean ja karhukaisen laski mukaan – saisivat valjastettua neljä valtavaa hevosta vaunujen eteen vieläpä kenenkään huomaamatta. Ehkä Eevan pitäisi vain yrittää ratsastaa hevosella ilman satulaa. Eeva lähestyi toista pilttuussaan ylhäisenä seisovaa kavioeläintä. Hevonen katsoi Eevaa sielun läpi tunkevalla katseella, paljasti hampaansa ja naksautti ne kovaa yhteen. Eeva perääntyi hitaasti.

"Taivaalliset ratsut eivät anna sinun nousta niiden selkään, elleivät ne itse halua." Filius totesi. "Sinun täytyy löytää hevonen, joka suostuu ottamaan sinut selkäänsä."

Eeva nyökkäsi. Filius katsoi Eevaa kysyvästi, kun Eeva käveli hopeanhohtoisen ratsun eteen ja kumarsi syvään. Hevonen pärskähti ja kuopaisi jalallaan maata.

"Mistä tiedän, että hevonen antaa minun nousta selkäänsä?", Eeva kysyi ottaen muutaman askeleen taaksepäin.

Filius kohautti olkiaan.

"Luultavasti siitä, että kaikki luusi ovat selkään päästyäsi yhä ehjät", Filius totesi ja lähti kävelemään tallin käytävää katsellen hevosia arvioivasti.

Eeva tuhahti. Eihän taivaassa mitenkään voinut murtaa luita. Ei vaikka, rintakehän päällä seisoisi muutama tuhat kiloa hevosen muodon ottanutta ylenkatsetta, Eeva ajatteli. Sitten hän muisti kivun, jonka varpaan potkaiseminen patsaan kulmaan oli aiheuttanut ja oli hieman vähemmän vakuuttunut asiasta. Eeva kiiruhti Filiuksen perään katsellen pilttuiden ovien virkaa toimittavia ohuita kultaketjuja huomattavasti aiempaa huolestuneena.

Filius oli ehtinyt jo kävellä katedraalimaisen tallin viimeisen pilttuun luokse karhukaisen kipittäessä perässä. Eeva harppoi ohi ratsujen, jotka vilkuilivat häntä vielä orkideaakin ilkeämmin. Hänestä alkoi tuntua siltä, ettei idea ehkä sittenkään ollut niin hyvä, kuin hän oli alun perin ajatellut. Eeva aikoi juuri ehdottaa velipuolelleen, että he lähtisivät, kun tämä kääntyi ja katsoi Eevaa hymyillen.

"Taisin löytää sinulle sopivan ratsun."

Eeva asteli ripeästi Filiuksen viereen tallin viimeisen pilttuun luokse. Tämä pilttuu oli myös tehty valkoisesta, kultaisin filigraanein koristellusta marmorista, jonka päälle oli levitelty kullanhohtoisia olkia. Ensiksi Eeva luuli, että pilttuu oli täysin tyhjä, kunnes hänen huomionsa kiinnittyi seinän vierustalla olevaan olkikasaan, josta pilkisti esiin kaksi pitkää jäniksenkorvaa. Pian olkien keskeltä kohosi hopeanharmaa, ruskean harjaksen peittämä pitkulainen pää.

"Aasi? Taivaallisilla ratsujoukoilla on *aasi*?", Eeva kysyi epäileväisenä.

Filius ei vastannut, vaan asteli pilttuuseen. Aasi painoi etukavionsa maahan ja nosti takapuolensa pystyyn venytellen kuin kissa. Sitten ratsu aivasti ja ravisti turkkiaan. Aasi oli normaaliksikin aasiksi hyvin pieni, hädin tuskin shetlanninponin korkuinen. Eeva muisteli nähneensä isompia koiriakin.

Karhukainen kipitti Filiuksen jaloista kavioeläimen luokse ja tökkäsi sitä kuonollaan. Ratsu ei vaikuttanut olevan tästä millänsäkään, vaan tuijotteli laiskasti päiväuniaan häirinneitä ihmisiä. Eevan oli myönnettävä, että tältä eläimeltä puuttui taivaallisten hevosten kylmä ylenkatse. Aasi vaikutti siltä, kuin se olisi ollut ylenkatseen tuolla puolen paikassa, jossa sitä kiinnosti lähinnä olisiko lähistöllä pehmeä untuvapatja ja ehkä pari porkkanaa.

Filius käveli elikon luokse ja rapsutti sen selkää. Aasi alkoi kuopia takajalallaan maata, kuin kirppuinen koira.

"Goljat voi viedä sinut maahan", Filius totesi Eevalle ilahtuneena.

Eeva huomasi ohuessa kultaketjussa roikkuvan pienen nimilaatan, jossa toden totta seisoi kauniilla käsialalla "Goljat". Eeva katseli aasia epäilevästi. Eläin ei näyttänyt siltä, että se jaksaisi kantaa edes itseään makuupaikaltaan ruokansa ääreen, elleivät nämä sijaitsisi aasin turvanmitan päässä toisistaan.

"Aasit ovat paljon vahvempia kuin voisit kuvitella", messias totesi arvaten Eevan ajatukset. "Nouse vain ratsaille", hän kannusti.

Eeva käveli epäröiden aasin luokse. Eläin tuijotti laiskana Eevan ohi, aivan kuin olisi katsonut televisiosta komediasarjan uusintaa vain siksi, ettei jaksanut etsiä kaukosäädintä. Eeva taputti kokeilevasti aasin selkää. Hienoinen pölypilvi nousi ilmoille.

"Noniin. Jos sallit...", Eeva totesi epäröiden, pysähtyi ja niiasi varmuuden vuoksi pienesti ennen kuin nosti varovasti jalkansa aasin selän yli.

Eevan täytyi myöntää, että sen minkä aasi hävisi korkeudessa, tämä oli ottanut takaisin leveyssuunnassa. Eevasta tuntui kuin hän olisi istunut lämpimän ja heikosti lannalta tuoksuvan tynnyrin päällä. Aasi ei hievahtanutkaan.

"Tuota... miten tämä käynnistyy?", Eeva kysyi velipuoleltaan, joka vaikutti tietävän yllättävän paljon jumalallisista kavioeläimistä.

Filius puristi huuliaan yhteen mietteliään.

"En ole varma", hän tunnusti. "Mutta olettaisin, että päästäkseen maahan sen pitäisi ... juosta kovaa?"

Eeva myönsi, että oli vaikeaa kuvitella yhdenkään taivaallisen hevosen löntystävän maailmojen välisen matkan läpi verkkaisella käynnillä. Ajatusta sietäisi ainakin kokeilla. Eeva toivoi hartaasti, että taivaallisten ratsujen kylkiin ei tarvinnut painella pohkeilla mitä mielikuvituksellisempia morseaakkosen sarjoja, joilla maanpäällisen ratsun sai esimerkiksi kävelemään sivuttain kuin hyvin pitkäraajainen taskurapu.

Eeva heilutti varovasti jalkojaan yrittäen taivuttaa pohjeluunsa puolikaaren muotoisiksi niin, että ne osuisivat aasin kupeisiin. Aasi ei värähtänytkään.

"Gidiap! Hophop!", Eeva yritti heilutellen jalkojaan hieman kovempaa ja naksutellen suutaan.

Aasi ei tehnyt elettäkään. Filius taputti aasia hellästi lautasille.

"Noniin tyttö, matkaan!", hän kannusti eläintä.

Eeva heilutti villisti jalkojaan ja yritti töniä aasia liikkeelle. Hänestä tuntui kuin pahvisesta vetonukesta, jonka jalat hyppäsivät sivuille, kun nuken jalkojen välissä olevasta narusta veti. Aasin korvat liikahtivat aavistuksen verran, mutta sitten se palasi takaisin näkymättömän viihdeohjelman pariin. Filius tarrasi hellästi aasin alaleuasta ja yritti vetää tätä eteenpäin. Tuloksetta.

"Odota, minulla on idea", Jumalan poika huikkasi poistuen pilttuusta.

Eeva alkoi epäillä suunnitelmansa onnistumista yhä varmemmin. Toisaalta hänellä ei ollut enää muuta hävittävää kuin omanarvontuntonsa, joka sulaisi varmasti olemattomiin arktista jääpeitettäkin nopeammin, kun aasi hölkähtelisi niitylle Eevan pomppiessa holtittomasti tämän selässä.

"Löytyi!", Filius totesi iloisena hiukset kultaisen heinäpölyn peitossa ja astui takaisin pilttuuseen heiluttaen ohutta kullattua ajopiiskaa, jonka ohut narumainen pää laahasi lattiaa.

Karhukainen oli kivunnut Filiuksen selkään ja toi Eevan mieleen Briellin siipirepun. Filius nosti pilttuun oven virkaa tehneen kultanauhan sivuun.

"Huomaatko nuo suuret korvat?", Filius kysyi äänellä, joka sai sanan "manspleinaus" hiipimään Eevan mieleen.

"Aaseilla on poikkeuksellisen herkät korvat. Sedälläni oli ennen lähes kuuro aasi, mutta senkin sai liikkeelle, kun napsautti ajopiiskaa sen korvan juuressa reippaasti", Filius jatkoi ojentaen piiskan Eevalle.

Eeva heilutti piiskaa kädessään epävarmana. Velipuolensa rohkaisevan hymyn saattelemana hän heitti piiskan pään taakseen kuin virvelin, ja viskasi sen eteenpäin. Piiskan pää kaarsi laajassa kaaressa ympäri ja osui lässähtäen Eevaa kyynärpäähän.

"Minä voin näyttää", Filius sanoi avuliaana, ja kipusi aasin selkään Eevan taakse.

Eeva yritti nojata eteenpäin ollakseen litistämättä heidän väliinsä lauenneen turvatyynyn tavoin kiivennyttä karhukaista.

Filius asetti orkidean jalkojensa väliin ja otti piiskan käteensä. Eeva pelkäsi aasin mahan valahtavat lattiatasoon asti heidän kahden painostaan, mutta elikko vaikutti täysin yhtä poissaolevalta kuin ennenkin.

"Koko jutun juju on oikeastaan ranneliikkeessä", Filius selitti. "Oikeastaan kaikki mitä tarvitset, on pieni näpäytys, ja sitten – pieni veto takaisin päin", Filius selosti liikutellen rannettaan Eevan nenän edessä.

Eeva puri kieltään ja sain vaivoin tukahdutettua sarkastisen "Ihanko totta" -kommentin.

"Katsos, näin."

Filius nosti piiskan päänsä päälle ja heilautti sen eteenpäin. Piiskan kultainen pää kiisi ilmassa heppoisasti, ja Eeva oli juuri ilmaisemassa kulmakarvoillaan sen, kuinka vaikuttunut tämä oli messiaan erityisestä ranneliikkeestä, kun tämä teki ranteellaan pienen nykäyksen ja ilmaa halkoi korvat poksauttava "naps".

Aasin korvat kääntyivät hitaasti ja sen sieraimet laajenivat. Filius ehti juuri avata suunsa sanoakseen, että hassua, yleensä temppu kyllä toimi, kun maailma yhtäkkiä pimeni.

8

Liikenne mateli tavanomaiseen tapaansa. Vaikka oli lauantai, laidunsi metallilehmien virta laiskasti pitkin kantakaupungin katuja. Seppo naputteli bussin ohjauspyörää. Kadulla eteenpäin mataava metallimassa toi hänen mieleensä hitaan laavavirran. Hän oli nähnyt aidon tulivuoren purkauksen ollessaan elämänsä ensimmäisellä ja toistaiseksi ainoalla pakettimatkalla 80-luvulla. Ala-Naamaseen muuttanut Raimo-veli oli ostanut itselleen maatalousnäyttelystä uuden traktorin, joten piti Seponkin näyttää, että kyllä hänelläkin oli millä mällätä. Tuliaisiksi reissustaan hän oli tuonut Raimolle "My brother went to Sunny Beach Resort and all I got was this t-shirt" -paidan. Seppo oli taskusanakirjansa avulla yrittänyt kysyä matkamuistoputiikin myyjältä, olisiko heillä paitaa, jossa lukisi, "I got a Valmet 604, but my brother is in foreign country and much better driver too", mutta myyjä oli katsonut Seppoa niin kuin ei olisi tiennyt alkuunkaan mikä Valmetti oli. Tästä Seppo oli päätellyt, että ulkomailla ilmeisesti aurattiin pellot vielä härillä, mikä oli saanut Sepon varsin onnelliseksi siitä, että oli sentään syntynyt pohjoiseen sivistysvaltioon.

Liikennevalot vaihtuivat ja Seppo painoi kaasua. Rautatieasemalla kyytiin oli kivunnut kokonaiset kolme vanhempaa lastenvaunuineen, ja hän oli päässyt lähtemään pysäkiltä myöhässä. Seppo ei toki asiasta niin välittänyt, mutta jostain syystä varikon Makkonen oli tolkuttoman kiinnostunut aikataulujen pitävyydestä. Seppo kyllä ymmärsi, että toisin kuin kylvötöissä, bussin kuljettajana ei riittänyt, että päätteli säätilasta, kannattiko töihin lähteä ollenkaan vai ei. Bussia piti ajaa, satoi tai paistoi, ja Sepon kokemuksen mukaan täällä, harmaassa pääkaupungissa, pääasiassa satoi. Seppo oli odottanut kunnollista talvea ensimmäiset viisi vuotta pääkaupunkiin muutettuaan, mutta luopunut sen jälkeen toivosta ja myynyt suksensa Heinosen sporttidivarissa kotopuolella käydessään. Nyt menossa oli kuitenkin kesä ja helteistä säätä oli jatkunut melkein viikon. Seppo oli joutunut avaamaan kauluspaitansa ylimmät napit, ja kainaloihin oli muodostunut hikiläikät. Bussin moottori urahti ja auto lähti työntymään vapaaksi auennutta kaistaa eteenpäin.

Ei muutto pääkaupunkiin toki ollut ollut Sepolle helppo. Mutta veljeksiä oli kolme, eikä heistä kaikille riittänyt elantoa kotitilalla. Lisäksi tokkaan oli viimeisen erotuksen aikaan iskenyt susi, eikä poroja muutenkaan tuntunut koskaan olevan tarpeeksi. Seppo oli veljeksistä ainoa, joka oli saanut suoritettua yläkoulussa ruotsin pakollisen oppimäärän, joten hänen vanhempansa olivat päätelleet, että kielipäätä omaava kuopus oppisi varmasti puhumaan myös pääkaupunkia. Niinpä Seppo oli haikein mielin pakannut tavaransa ja lähtenyt. Koti-ikävän runnellessa oikein ikävästi Seppo kuvitteli, että bussin matkustajat olivat poroja, joita hän ajoi paikasta toiseen. Sisään luikahteli välillä arkoja vaatimia, välillä rykimäaikaa lähestyvät hirvaat kolistelivat sarviaan bussin perällä. Toisinaan bussiin taas kompuroi emästään eksyneen näköinen vasa kuin pahimman räkän ajamana.

Nyt bussi oli kuitenkin hiljainen, ja Seppo sai uppoutua rauhassa ajatuksiinsa. Hän oli juuri ajattelemassa tunturilla puhaltavaa kevyttä kevättalven viimaa, kun bussin eteen loikkasi keltaisenkirjava vasa. Seppo painoi jarrun pohjaan, mutta metallinen laatikko nytkähti pysähdyksiin vasta selkäpiissä pahaenteisenä tuntuvan tömähdyksen jälkeen. Seppo istui paikalleen jähmettyneenä. Hän oli törmännyt ihmiseen.

Myös muutama ohikulkija oli seisahtunut jarrujen kirskunan kuullessaan. Seppo kompasteli ulos bussista sydän pamppailleen. Hän otti auton etuosasta tukea kompuroidessaan sen nokan eteen katsomaan vahingon laajuutta.

Seppo hieraisi silmiään. Hän olisi voinut vaikka vannoa, että auton eteen oli loikannut keltamekkoinen nuori nainen. Nyt hänen autonsa edessä seisoi kuitenkin pieni, korviaan hitaasti heilutteleva aasi, jonka selässä istui valkoisiin tunikamaisiin mekkoihin pukeutuneet nainen ja mies. Aasin jalkojen juuressa oli mytyssä keltainen kesämekko ja pirstaloitunut, musta puhelin, sekä puolikas näkkileivän palanen.

Nainen ja Seppo tuijottivat toisiaan hämmästyksen vallitessa.

"Oooh", totesi naisen takana istunut mies ja kipusi alas aasin selästä. "Onko tämä tulevaisuutta?"

9

Eeva ja Filius seisoivat kadun kulmassa. He olivat lopulta saaneet pyörtyneen bussikuskin tajuihinsa ja onnistuneet jopa houkuttelemaan aasin pois tieltä jalkakäytävälle. Eeva katseli ympärilleen ja hengitti sisään. Hän odotti hetken jonkinlaista riemun purskahdusta tai edes kiitollisuuden aaltoa palattuaan kuolleista takaisin elävien kirjoihin, mutta turhaan. Lähinnä hän tunsi nälkää. Lisäksi hänen toogamekkonsa laskos kutitti niskaa, puhumattakaan kuuman asfaltin polttelusta hänen paljaiden jalkojensa alla. Eeva oli noukkinut maasta puhelimensa, vaatteensa ja kenkänsä, ja todennut niistä jokaisen käyttökelvottomaksi. Mekkoon oli tarttunut pikeä ja kengät olivat pudonneet suoraan koirankakkaan. Eeva sulloi tamineet läheisen baarin ulkona töröttävään roskikseen. Eeva alkoi ymmärtää, mitä Jumala oli tarkoittanut. Maassa oli tosiaan melko sotkuista.

Eevan täytyi myöntää, että Filius suhtautui tulevaisuuteensa melko tyynesti. Eeva oli selittänyt lyhyesti autojen tarkoituksen ja nyt messias katseli kiinnostuneena ohi päristelevää liikenteen virtaa. Eeva velipuoli oli myös vakuuttanut, että karhukainen kökötti myös turvallisesti hänen olkapäällään, joskin huomattavasti kutistuneena aiempaan olomuotoonsa verrattuna. Eevan pettymykseksi myös orkidea vaikutti selvinneen matkasta vahingoittumattomana ja kasvi katseli häntä syyttävästi vakiopaikaltaan Filiuksen kädestä.

Eeva hieroi ohimoitaan. Hän tajusi, että ei ollut juurikaan miettinyt, mitä hän maan päällä tarkkaan ottaen tekisi. Taivaassa hän oli suunnitellut, että maan päälle tultuaan hän alkaisi uskoa omiin jumalallisiin kykyihinsä. Ehkä hän voisi tehdä pari pientä ihmettä, ja suostutella edes kristillisdemokraatit kannattamaan koulujen kasvisruokapäivä -aloitetta ja vauvojen jalkovälien kirurgisen muotoilun kieltämistä pinttyneen uskonnollisen tavan vuoksi, ainakin noin alkajaisiksi. Asiaa pidemmälle ajatellessa Eevan mieleen piirtyi kuva, jossa hän asteli Yhdistyneiden Kansojen järjestön pääsihteerin paikalle valkoiset hohtavat siivet selässään, ja pitäisi niin vaikuttavan ja liikuttavan puheen, että kaikki maailman päättäjät pääsisivät viimein yhteisymmärrykseen ilmaston ja luonnon monimuotoisuuden pelastamisesta sekä ikuisesta rauhasta. Hän saisi kaikki maailman kansat puolelleen ja yhdessä he syrjäyttäisivät diktaattorit ja lopettaisivat sodat ja rukkaisivat kapitalistisen järjestelmän uuteen uskoon ja jakaisivat rikkaimman prosentin varat kaikkein köyhimmille. Eeva oli liikuttunut mielikuvasta, kunnes pieni realistisuuden ääni hänen takaraivossaan oli huomauttanut, että taivaallinen ratsu kannatti pitää lähellä siltä varalta, että ihmiset eivät olisi sittenkään niin ilahtuneita Jumalan aidon tyttären ilmaantumisesta maan päälle, ja hän joutuisi tekemään pikaisen poistumisen takaisin taivaaseen ennen kuin väkijoukko kaivaisi talikot esiin ja polttaisi hänet noitana – tai vähintään canceloisi hänet sosiaalisessa mediassa. Toisaalta ehkä sellainen kiittämätön maailma ansaitsisikin hiukan tuhoutua, oli pieni ääni Eevan pään sisällä jatkanut.

Nyt kun Eeva seisoi taas maan pinnalla, kaikki vaikutti kuitenkin paljon *todellisemmalta* kuin mitä hän oli taivaassa ajatellut. Alkajaisiksi hänen pitäisi soittaa vaatelainaamoon ja sopia pilalle menneen mekon korvauksesta. Sitä ennen hänen pitäisi pyytää isännöitsijää päästämään hänet asuntoonsa, jonka sohvalla olevaan kassiin Eeva muisti jättäneensä niin avaimensa kuin puhelimensa. Ehkä hän voisi samalla pyytää isännöitsijää katsomaan vuotavaa keittiön hanaa. Ja sitten tietysti kirjaston kirjat pitäisi palauttaa. Eevan mieleen alkoi pikkuhiljaa hiipiä ymmärrys siitä, miksi jumalat pitivät maan asioihin sekaantumista niin työläänä.

Eeva alkoi juuri miettiä, pitäisikö hänen alkaa käydä myös töissä, vai voisiko yllättävää kuolemaa käyttää perusteena työttömyystukianomuksessa, kun hänen tajuntaansa iskeytyi kaikkein olennaisin asia, jonka hän oli unohtanut. Kakku! Jos hän toimi nyt, hän ehtisi vielä viedä sen mummonsa juhliin. Eeva tarttui Filiusta kädestä ja alkoi kiskoa tätä konditoriaa kohti. He aloittaisivat viemällä kakun hänen mummonsa syntymäpäiville ja lainaisivat siellä hänen äidiltään puhelinta, jolla Eeva etsisi isännöitsijätoimiston numeron. Sitten he voisivat hoitaa mekon korvauksen, palauttaa kirjaston kirjat ja sitten alkaa korjata maailmaa, Eeva järkeili. Sitä paitsi mummo leipoi aina hyviä riisipiirakoita, ja Eevalla alkoi toden teolla olla nälkä.

"Eeva!"

Huuto kajahti Eevan tajuntaan juuri kun he olivat astumassa sisään konditorian ovesta.

"Voi taivaan tähden sinun kanssasi lapsi!"

Eeva veti syvään henkeä, puhalsi ilman ulos ja kääntyi kohtaamaan äitinsä, joka marssi heidän luokseen. Eeva muisti hetken liian myöhään, että hänen äitinsä ei ollut lainkaan tietoinen Eevan hiljattaisesti siirtymisestä ajasta ikuisuuteen, eikä siten osannut riemuita jälleennäkemisestä edes sillä laimealla, "Noh, sehän mukavaa. Olisit kuitenkin voinut kammata edes hiuksesi ja et kai esiintynyt ryppyisessä mekossa Jumalan edessä" -tavalla, jolla heidän suvussaan otettiin vastaan kaikki henkilökohtaiset ilonaiheet aina luokan parhaasta matematiikan numerosta terveen lapsen syntymiseen. Eeva huomasi heti, että hänen äitinsä oli täydessä järjestelytoimikunnan johtaja -moodissa, joka erosi armeijan komentajasta vain siten, että armeijan komentajia koskivat edes jonkinlaiset humaaniin käytökseen ohjaavat säännöt.

"Ne kommuunit ovat kaikki likaisia ludelinnoja, ettäs tiedät. Ja kaljuksi hiuksiasi et sitten saa leikata, siihen minä vedän rajan, ymmärrätkö?"

Eevan äiti silmäili kiukkuisena tytärtään ja hieman epävarmasti hänen vierellään hymyilevää messiasta.

"Äiti, tässä on … Filius … hän on…"

Eevan äiti pyöräytti silmiään.

"Se lausutaan Fi-liii-us" Eevan äiti ohjeisti painottaen keskimmäistä tavua. "Aina sinua saa hävetä, mitä sinä siellä kielikurssilla oikein teit, katselit vaan poikia niinkö?", hän suhahti tyttärelleen.

"Mairetta, Eevan äiti, hauska tutustua", Eevan äiti siirsi huomionsa tyttärensä seuralaiseen ja vaihtoi silmänräpäyksessä äänensävyään kersantista kiinteistövälittäjäksi.

"Todella hienoa saada teidän kulttuurianne tänne pohjoiseenkin. Minäkin olen nuoruudessani nähnyt maailmaa. Namaste", äiti sanoi tervehtien Filiusta kädet yhteen painettuna ja kääntyi sitten takaisin Eevan puoleen.

"Ja mitään hippilaumaa et sitten mummon juhliin tuo, onko selvä? Ja laitatte kengät jalkaan kumpikin, herran jestas sentään. Ja missä se kakku on? Sitä eivät sitten mitkään hihhulit siunaa, mummosi tukehtuu, jos saa tietää, että sitä ovat epäjumalanpalvojat loitsineet."

Eevan äiti tuijotti tytärtään valmiina torpedoimaan jokaisen vastalauseen.

"Äiti mistä sinä puhut?", Eeva huokasi tuskastuneena.

"No näenhän minä! Minä olen järjestänyt näitä juhlia koko viikon, ja sinä vain seisoskelet tässä kadulla kaavuissa minkä lie gurujesi kanssa avojaloin", Eevan äiti keskeytti tyttärensä suomimisen. "Namaste", hän hymyili sovitellen Filiukselle kädet yhteen liitettyinä.

"Äiti, Filius on Jumalan... lapsi. Niin kuin minäkin", Eeva tapaili sanoja rahoitellen äitiään. Filius vilkutti Eevan äidille varovasti kättään.

Eevan äiti katsoi arvioivasti hetken tytärtään ja Filiusta, sekä näiden takana seisovaa aasia ennen kuin palautti kulmakarvansa tiukan viivamaiseen muodostelmaan.

"No hyvä on sitten. Mutta, vaikka jokin blogisti sanoisi, että tämä", Eevan äiti sanoi nykien Eevan mekkoa, "olisi muodikasta, voisit käyttää omaa järkeäsikin. Olet aivan yhtä herkkäuskoinen kuin isäsi", hän huokasi viimeisen lauseen lähinnä itselleen.

"Ja olisit voinut ilmoittaa etukäteen, että tuot jonkun *pojan* mukanasi. Sinä saat sitten ottaa kakkua viimeisenä, että kaikille vieraille varmasti jää", Mairetta puhisi ja kääntyi kohti konditoriaa.

"Ihanaa, että Eeva on tuonut ystävänsä mukanaan! Olet toki tervetullut juhliin", hän huikkasi Filiukselle avatessaan konditorian oven.

"Äiti mitä sinä teet täällä?", Eeva kysyi tuskastuneena seuratessaan äitiään konditoriaan.

"No, minä arvasin, että sinä nukut taas puolille päivin, etkä saa kakkua haettua." Marketta tokaisi ja käveli reippaasti hymyillen tiskille.

Eeva nieli halunsa huomauttaa, että hän oli ehtinyt aamun aikana jo herätä, kuolla ja re-inkarnoitua ja, jos Eevan äiti ei olisi estänyt, olisi hän ehtinyt hakea myös sen halvatun kakun.

"Äitisi on oikein... toimelias", Filius totesi ja Eeva oli huomaavinaan tämän jatkuvasti kasvoilla olevassa lammasmaisessa hymyssä pientä epävarmuutta. Eevaa ei sinänsä yllättänyt, että jopa vihaisen väkijoukon edessä luottavaisena seisseen miehen seesteisyys murenisi hänen äitinsä päästessä kunnolla vauhtiin.

"Kiitos tuhannesti Anna-Maija, oikein ihanaa viikonloppua sinullekin!", Marketta huikkasi olkansa yli myyjälle kakku kädessään ja ohjasi jälkikasvunsa ovesta ulos.

"Isäsi on parkissa tuossa kadun vieressä. Viekää kakku sisälle ennen kuin kermavaahto alkaa sulaa. Anna-Maija lupasi päästää tuon poninne sisäpihalleen siksi aikaa. Ettehän te nyt sitä tietenkään voi juhliin tuoda, Ella-Riitallahan on kaikenlaisia allergioita, vaikka ethän sinä taaskaan ole asiaa ajatellut, kun luuhaat täällä vain ympäriinsä kuin mikäkin irtolainen. Noh, hopi hopi!", hän komensi työntäen kakun Eevan syliin ja usuttaen tätä kohti alempana kadun varressa odottavaa farmaria.

Eevan äiti itse asteli nurkan ympäri avonaiselle sisäpihan ovelle. Aasi katsoi hetken ajan Filiusta, Eevaa ja Eevan äitiä, ja näki parhaaksi löntystellä viimeksi mainitun perässä kuuliaisesti pihalle.

"Hei", Eeva tervehti isäänsä kavutessa autoon kakku sylissään.

"Hmmmm", mutisi Eevan isä, minkä Eeva osasi tulkita hyvän huomenen toivotukseksi.

"Tässä on Filius", Eeva esitteli

Eevan isä tuijotti tietä vaiti. Hänen sosiaalisen jutustelun varastonsa oli selvästi ehtynyt hyvään huomeneen. Eevan teki hetken ajan mieli halata isäänsä ja kertoa tälle, että oli juuri kuollut, mutta samalla Eevan äiti kapusi etupenkille, ja he lähtivät ajamaan.

Helteisen ajomatkan jälkeen auto kurvasi Eevan mummon pihatielle ja Eeva, Filius ja Eevan vanhemmat astuivat kyydistä. Juhlat järjestettiin Eevan mummon kauniilla omenapuiden reunustamalla pihalla. Pihalle oli nostettu puutarhatuoleja ja -pöytiä. Päivänsankari itse tosin oli visusti rintaperillisensä maanitteluista huolimatta kieltäytynyt ottamasta osaa moiseen rietasteluun, ja istui makuuhuoneessaan laulamassa virsiä säröisellä äänellä, jolla Eevan arvioiden mukaan oikein kohdennettuna voisi tehokkaasti leikata kakkosnelosta. Eevan äiti ei kuitenkaan antanut satavuotiaan juhlakalun oman mielipiteen estää häntä emännöimästä tämän syntymäpäiväjuhlia, joiden järjestäminen oli Eeva äidin sanojen mukaan suorastaan *velvollisuus*, sillä mitä naapuritkin muutoin heistä ajattelisivat.

Juhlapaikalla Eevan äiti otti pian järjestelyt komentoonsa ja usutti pian jälkikasvunsa sisälle taloon vaihtamaan vaatteita "johonkin säädyllisempään". Matkalla sisään Eeva nappasi orkidean Filiuksen kädestä ja tunki sen oven vieressä kasvavaan perennapenkkiin. Kukka heilutti terälehtiään Eevan mielestä selkeästi närkästyneenä. Eeva jätti kukan mielenosoituksen omaan arvoonsa, nappasi pöydältä pari riisipiirakkaa ja suuntasi yläkertaan. Pengottuaan mummonsa vinttiä piirakoiden rasvoittamin sormin, Eeva onnistui kaivamaan vanhojen jugurttirasioiden ja valittujen palojen vuosikertojen joukosta esiin käyttämättömän näköisen kukkakuvioisen ja kellohelmaisen puuvillamekon, jonka Eeva arveli mummonsa saaneen lahjaksi joskus ennen sotia. Hieman liian tiukkaa vyötäröä lukuun ottamatta puku istui Eevalle yllättävän hyvin. Tulessaan alakertaan Eeva törmäsi voileipäkakkua hieman huterin käsin tarjottimella kantavaan Filiukseen, jonka hiukset kiiltelivät kosteina.

"Kävin puhdistautumassa", Filius vastasi Eevan hieman yllättyneeseen katseeseen hymyilleen tuttua lammasmaista hymyään. "Kuinka tavattoman käytännöllistä, että kaivo on talon *sisällä*. Isoäitisi on varmasti hyvin merkittävä ihminen", Filius kuiskasi heidän saapuessaan patiolle.

Filius oli juuri laskenut voileipäkakun pöydälle ja oli kääntymässä kädet ojennettuina tervehtimään Eevan isotätiä, kun Eeva tarrasi tätä käsivarresta ja työnsi Filiuksen edellään vessaan painaen oven kiinni jäljessään. Pian vessasta alkoi kuulua kolahtelua ja epäselvää puhetta. Lopulta Eevan äänen kohotessa varsin voimakkaaseen huutoon "Älä laita sinne päätäsi!", joutui Eevan keittiössä häärännyt äiti keskeyttämään tuulihattujen asettelun tarjottimelle ja koputtamaan oveen kysyen oliko kaikki kunnossa ja ymmärsivätkö nuoret, että vieraat olivat jo alkaneet saapua.

Joitain minuutteja ja paljon veden lorinaa myöhemmin Eeva viimein asteli ulos Filius pää vettä tippuen kannoillaan.

Seuraavat tunnit kuluivat tuskastuttavan hitaasti Eevan juostessa äitinsä hoputtamana keittiön ja tarjoilupöydän väliä ja kaadellen kahvia sukulaisille, naapureille sekä läheiseen seurakuntaan jollain tavalla liittyvälle puheliaiden rouvasihmisten laumalle, jollainen ilmaantui aina tämän laatuisiin tilaisuuksiin yhtä varmasti kuin ketto mummon valmistaman, sokerista ja kermasta koostuvan kuuman kaakaon pinnalle. Päivää ei lainkaan helpottanut Eevan serkku, joka oli Eevan uutta asuvalintaa nopeasti kommentoituaan iskenyt silmänsä Filiukseen. Serkku oli tiedustellut Eevalta heti ensi tilaisuuden tullen keittiössä kuiskaten, oliko Eevan komea seuralainen sinkku, ja että ei kai Eevalla ollut mitään sitä vastaan, että tämä tekisi miehen kanssa lähempää tuttavuutta, jos Eevalle ei kerta kelvannut. Eeva oli pyöritellyt silmiään, minkä serkku oli tulkinnut myöntymiseksi. Eeva oli yrittänyt varoittaa Filiusta ja kieltänyt tätä tiukasti puhumasta kenellekään, erityisesti mistään taivaassa tapahtuneesta, mutta hänen jumalallinen velipuolensa tuntui Eevan huoleksi olevan tuon tuostakin juttelemassa vieraiden kanssa innokkaana Eevan serkun seuratessa tämän kannoilla kuin innokas sylikoira.

Tuotuaan viimeisen riisipiirakkatarjottimen jääkaapista pöytään, Eeva onnistui viimein livahtamaan kohti nurmikolla olevaa tuoliryhmää, jossa Filius, tämän uskollinen seuraaja ja muutama seurakunnan rouviin kuuluva täti-ihminen istuivat.

”Oli todella kuuma päivä ja kuulijoita oli saapunut useita kymmeniä”, Eeva kuuli Filiuksen maalaillevan. ”Kaikilla alkoi olla todella kova nälkä, sillä aamupaasto oli kestänyt jo tunteja. Muutama meinasi jo lähteä kotiinsa päivälliselle, kun yhtäkkiä muistin, että olin pakannut retkeä varten mukaan viisi tätini valmistamaa kalaleipää. Hän oli valmistanut ne sukunsa salaisella reseptillä.” Filius sanoi madaltaen ääntään.

Rouvat kumartuivat lumoutuneena lähemmäs.

”Tädilläni on katsokaan sukujuuria idässä. Hänen sukunsa oli yksi harvoja, joille oli uskottu harvinainen *fesikhin* valmistuksen taito.”

Paljastus sai rouvien kulmakarvat kohoamaan ja he kumartuivat vielä entistäkin lähemmäksi.

”Valmistus on tarkkaan varjeltu salaisuus, mutta pääasiassa tuore kala ensin kuivataan auringossa ja sen jälkeen jätetään käymään suurissa sammioissa 40 päivän ajan, ennen kuin kala lopulta suolataan."

Kertomus sai rouvat nojautumaan tuoleissaan hieman taaksepäin, joskin Eeva oli kuulevinaan yhden iäkkäämmän puoleisista rouvista huokaavan hiljaa, "Ah, suurströmminkiä.".

"Huhut kertoivat, että ellei kalaa valmistettu juuri oikein, se saattoi palata eloon ja viedä syöjänsä sielun tuonpuoleiseen", Filius jatkoi iloisesti. "Siksi ruokaa kutsuttiin myös muumiokalaksi. Tiesin toki, etteivät kalaleivät riittäisi kaikille. Rehellisesti sanottuna, en ollut alussa lainkaan edes muistanut leipiä, sillä ne olivat jääneet laukkuuni pari viikkoa sitten tätini hautajaisissa. Ne kalat olivat hänen viimeiseksi jääneestä satsistaan – hän oli jopa juuri syönyt niitä ennen ennenaikaista poismenoaan", Filius jatkoi hieman haikealla äänellä.

Eevan kulmakarvat kohosivat ja hän oli juuri avaamassa suunsa, kun Filius jatkoi,

"En kuitenkaan voinut antaa kuulijoitteni kärsiä nälkää herkutellessani kalaleivillä itse. Joten lausuin ruokarukouksen, mursin yhdestä leivästä vain palasen ja laitoin loput kiertämään kuulijoitteni kesken. Ja silloin – tapahtui ihme", Filius sanoi silmät loistaen.

"Leivät eivät olleet kättäni suurempia", Filius viittoili vakuuttaakseen kuulijat. "Eikä niiden päällä ollut kalaa kuin ehkä parin pienen kalan verran. Niistä ei mitenkään voinut riittää syötävää kaikille paikallaolijoille – ja kuitenkin… ", Filius piti pienen dramaattisen tauon. "Leipien kierrettyä kaikkien luona, oli niistä vielä yhtä paljon jäljellä!"

Filiuksen silmät loistivat innostuksesta suurina.

"Voitteko kuvitella! Oli kuin leipiin ei olisi edes koskettu! Ajattelin, ensin, että ehkä ihmiset eivät olleet kohteliasuussyistä rohjenneet syödä, joten kiersin vielä itse tarjoamassa leipiä kaikille vakuuttaen, että edesmennyt tätini olisi ilahtunut voidessaan ruokkia nälkäisiä suita vielä haudan takaa. Kuitenkin kaikki vakuuttivat, että olivat kyllä syöneet vatsansa jo aivan täyteen, ja että leivät olivat olleet kerrassaan herkullisia, mutta että he eivät jaksaisi millään enää murentakaan." Filius katseli ympärilleen kuulijoitaan, joihin tarina vaikutti tehneen vaikutuksen.

"Silloin ymmärsin, että taivaallinen isäni oli ihmeellä saanut muutaman pahaisen leivän ruokkimaan monikymmenpäisen joukon", Filius totesi liikuttuneena.

Eeva tuijotti Filiusta epäuskoisena etsien tämän kasvoista edes pienen pientä ironian häivää, mutta turhaan. Eevan serkku taputti käsiään innostuneesti. Myös rouvat nyökyttelivät hyväksyväsi päätään, ja toistelivat fraaseja jumalan ihmeellisistä teistä.

Eeva pudisti päätään. Hän oli juuri pyytämässä Filiusta lähtemään mukaansa, kun pieni ja luiseva sormi tunkeutui hänen kylkiluidensa väliin. Eeva kääntyi.

"Ovatko muut jo tulleet?"

Eeva huomasi, että sormi oli kiinnittynyt pieneen ja luisevaan vanhaan naiseen, joka vaikutti olevan pukeutunut jonkinlaiseen tummaan viittaan. Nainen oli hädin tuskin Eevan vyötärön korkuinen ja hänen ryppyistä pergamenttia muistuttavien kasvojen uurteiden välissä loistivat iättömän kirkkaat silmät. Jokin naisessa tuntui hämmentävän tutulta, vaikka Eeva oli varma, ettei ollut nähnyt tätä koskaan. Eniten Eevaa kuitenkin häiritsi heikko jumalallinen hehku, joka tuikki naisen silmissä.

"Tuota... Luulisin, että kaikki vieraat ovat kyllä jo saapuneet", Eeva vastasi, sillä hänen äitinsä oli marssinut ympäri puutarhaa tervehtimässä jokaista vierasta Eevan seuratessa kuuliaisesti tämän vierellä tarjoilemassa tervetuliaismaljoja. Lopulta Eevan äiti oli katsonut tulostamaansa vieraslistaa tyytyväisenä hymähtäen ja komentanut Eevan kahvitarjoiluvuoroon.

Samalla Eevan serkku ponnahti innostuneesti tuoliltaan huomatessaan Eevan ja tarttui tätä käsipuolesta.

"Eeva, etsinkin sinua!", nainen sanoi pirteästi. "Voisitko antaa minulle Filiuksen numeron? Tai edes hänen nickinsä", serkku kuiskasi Eevalle ja siirsi sitten katseensa tätä tuijottavaan naiseen.

"Oletteko kenties mummon… ystäviä?", serkku hymyili heitä tuijottavalle naiselle.

Vanhuksen kasvoihin halkesi virnistys. Eeva olisi voinut vannoa kuulevansa naisen ihon *narahtavan*.

"Niinkin voisi sanoa. Minä olen Kuolema. Hauska tavata."

Eeva räpytteli hetken silmiään.

"Hahaa! Vitsikästä!", hän sanoi liioitellun kovaan ääneen pudistellen päätään ja hymyillen kuin mielipuoli Kuolemaksi esittäytyneelle naiselle.

Eevan serkku tuijotti naista liikkumattomana. Myös täti-ihmiset Eevan takana kurkottelivat uteliaana päätään omituisen sananvaihdon suuntaan, ja Eeva ryhtyi kiivaasti viittomaan vanhaa naista kauemmas. Hän ei kuitenkaan ehtinyt liikkua, ennen kuin Eevan serkku parahti suureen ääneen "Minä tiesin!", ja pillahti hillittömään nyyhkytykseen.

Serkun reaktio sai Filiuksen nousemaan tuoliltaan ja kiertämään kätensä lohduttavasti tämän ympärille. Se ei kuitenkaan vaikuttanut hillitsevän alkavaa ja kyynelten ja rään virtaa, mistä Eeva päätteli serkun olevan todella pahasti poissa tolaltaan. Yleensä hänen serkkunsa teatraaliseen miesten houkutteluitkuun ei kuulunut räkä. Viimein serkku sai jotenkuten koottua itsensä, ja kääntyi katsomaan lohduttajaansa.

"Minä.... Minun täytyy kertoa sinulle jotain", hän aloitti niiskutusten tahdittamana.

"Minä en ole ollut täysin rehellinen", serkun lause katkesi kovaan niistämisääneen.

Kuolema ojensi Eevan serkulle ystävällisesti hymyillen nenäliinan kaapunsa poimuista.

"Aina kannattaa pitää muutama nenäliina taskussa. Ihmiset voivat olla kovin *eritteisiä*", Kuolema kuiskasi Eevalle, joka tuijotti epävarmana vuoroin nyyhkyttävää serkkuaan, vuoroin Kuolemaa. Tätien, joista muutamaa uhkasi jo alkava niskakramppi, lisäksi myös huomattava osa muista vieraista alkoi siirtää huomionsa lautasillaan olevasta Marketan Brita-kakusta nyyhkivään sukulaiseen.

"Minä ... Minulla on …. HPV!" parahti serkku lopulta jatkaen taas nyyhkytystään.

"Mitä se sanoi?", kyseli yksi tuoleilla istuvista, kaularankansa liikkuvuutta koettelevista tädeistä.

"Että se on lortto", totesi toinen reippaasti.

Sananvaihdosta seurasi yleistä muminaa ja nyökyttelyä täti-ihmisten kesken.

"Mutta sehän on tosi yleinen… ", Eeva keskeytti lauseensa, loi vilkaisun häntä arvioivasti mulkoileviin rouvashenkilöihin ja alkoi viittoa seuruetta hieman kauemmas.

Lopulta Eeva sai ohjattua koko seurueen hieman sivummalle pihan reunaan, ainakin kuulokojeen kantaman päähän uteliaista korvista. Filius silitteli edelleen Eevan serkun hartioita ja serkku nyyhki estottomasti Filiuksen rintaa vasten.

Eeva yritti taputtaa serkkuaan lohduttavasti selkään.

"Kuule, HPV on ihan todella yleinen, lähes kaikilla on se jossain vaiheessa, ja yli 90 prosentilla tauti paranee ihan itsestään", Eeva muisteli taannoin lukemaansa esitettä.

Eeva oli saanut taudin jossain vaiheessa itsekin. Hän rutiinikokeen yhteydessä saamansa tuloksen saatuaan oli kuitenkin tunnollisena suorittajana käynyt läpi surun kaikki viisi vaihetta kieltämisestä vihaan, kaupankäyntiin ja masennukseen pikaisesti muutamassa minuutissa ja päätynyt hyvin pian hyväksymään tilanteen, huomattavasti serkkuaan vähemmän dramaattisesti. Olihan tilanteessa kuitenkin myös hyviä puolia, oli Eeva järkeillyt. Joko hän kuolisi taudin vuoksi varsin pian – mikä osaltaan poistaisi huomattavasti hänen huoltaan siitä, miten hän ikinä suoriutuisi kaupunkiyksiönsä asuntolainasta. Toinen vaihtoehto olisi päätyä lääketieteen oppikirjaan esimerkkinä ennennäkemättömän harvinaisesta poikkeustapauksesta, jonka HPV-viruksesta alkanut synnytyselinten syöpä vaati koko hänen alaruumiinsa amputointia vyötäröstä alaspäin – minkä hyvä puoli taas olisi se, ettei Eevan tarvitsisi enää koskaan osallistua spinning-tunnille, jolle hänen äitinsä häntä aina silloin tällöin patisti.

"Entä niillä lopuilla 10 prosentilla?", serkku kysyi itkuisasti.

Eeva tyytyi taputtamaan serkkunsa selkää. Hänen teki mieli sanoa, ettei kuolema loppujen lopuksi ollut lainkaan niin kamalaa. Oikeastaan se koko idyllinen ikuinen harppujen soitto alkoi tuntua tällä hetkellä Eevasta suhteellisen rentouttavalta idealta – ainakin jos sitä vertasi kanapeiden tarjoiluun täti-ihmisille.

Serkun nyyhkäykset vaikuttivat laantuvan Filiuksen hyssytellessä tätä rauhoittavasti, joten Eeva kääntyi toisen hänen käsillään olevan ongelman puoleen. Kuolema katseli häntä edelleen tarkkaavaisilla silmillään. Eeva otti askeleen kauemmas serkustaan ja madalsi ääntään.

"Kuule, nämä ovat mummon syntymäpäiväjuhlat, ja äiti on nähnyt todella paljon vaivaa. Voisitko mitenkään tulla uudestaan – vaikka huomenna?" Eeva yritti vedota viikatehenkilöön.

Ennen ajatus mummon poismenosta olisi saanut Eevan surulliseksi, mutta nyt Eeva pystyi vain ajattelemaan, että mummo ja Paavali tulisivat taatusti hyvin toimeen. Eeva vilkaisi nopeasti serkkuaan ja kumartui kuiskaamaan Kuoleman puoleen.

"Mummo on odottanut jo sata vuotta, eihän asialla nyt varsinaisesti kiire ole?"

Vanhus mittaili Eevaa katseellaan hetken.

"En minä isoäitisi vuoksi ole tullut", kuolema totesi äänellä, joka narahteli kuin hirsiparrut vintillä kuumana kesäpäivänä. "Tai tuon", Kuolema jatkoi vilkaisten Eevan serkkua.

"Tulin messiaan takia. Muutkin varmaan saapuvat pian", kuolema totesi katsellen ympärilleen.

Eeva oli avaamassa juuri suunsa kysymykseen, kun hänen silmäkulmassaan välähti äkkiä voimakas valo. Eeva käänsi päätään ja huomasi syynä olevan nurmikon reunaan nopeasi, mutta lähes täysin äänettömästi kurvannut, kiiltävän valkea avomallinen urheiluauto. Auton ovi avautui hitaasti, ja ulos ponnahti pitkä nainen, jonka yllä oli heikosti kimmeltävä, kovan valkoinen tyköistuva takki, jonka terävät leikkaukset korostivat naisen kireää korkealla takaraivolla olevaa poninhäntää. Naisen lähes valkoiset, pitkät ja suorat hiukset heiluivat hänen marssiessaan ripeästi nelikon luokse. Nainen oli todella kaunis, mutta hänen teräviä kasvonpiirteitään peitti osaksi valkoinen kirurginmaski, joka oli vedetty leualle.

"Kas, Tauti", Kuolema totesi.

"Agatha, pitkästä aikaa!", Tauti vastasi harppoen nopeasti heidän luokseen ja syleillen Kuolemaa nopeasti.

"Euphoria", Kuolema tervehti takaisin.

"Mitäs täällä tapahtuu?", Tauti sanoi ja katsoi kysyvästi Filiusta ja edelleen nyyhkyttävää Eevan serkkua.

"Minulla on HPV", serkku niiskutti. "Kuolema tuli noutamaan minua jo."

"Voi Agatha, aina töissä", Tauti totesi leikillisen nuhtelevaan sävyyn.

Kuolema loi Tautiin väsähtäneen katseen.

"Anteeksi, anteeksi. Minä hoidan", Tauti sanoi Kuolemalle lepyttelevästi ja suoristi selkäänsä.

Euphoria asteli ylväästi Eevan serkun luokse, tarttui tätä lempeästi olkapäistä ja käänsi tämän puoleensa. Tauti hymyili täydellisen valkoisella hammasrivistöllään ystävällisesti ja vakuuttavasti.

"Kuulehan." tämä sanoi pehmeän kehräävällä äänellä nostaen nuoren naisen katseen kohti kasvojaan.

"Tutkimusten mukaan kaikki taudit ovat vain kehosi tapa kertoa sinulle, että aurasi ovat lukkiutuneet, eivätkä henkiset kuona-aineesi poistu."

Tauti räpytteli pitkiä märehtijämäisiä silmäripsiään hypnotisoivasti.

Eeva ei ollut varma, oliko syynä Taudin valkoinen takki, rauhallinen ääni, vai luonnottoman kauniit kasvot, mutta hän kuulosti vakuuttavalta. Serkku lakkasi hitaasti nyyhkimästä, ja pyyhki nenäänsä kädenselkäänsä.

"N-Niinkö?", hän kysyi varovaisesti.

Tauti nyökkäsi rohkaisevasti.

"Sinun ei tarvitse huolehtia mistään viruksista. Juot vain kuun valossa puhdistettua lähdevettä kaksi teelusikallista kolmesti päivässä, niin sisäinen energiakanavasi puhdistuu. Ja oletko kuullut kristalleista?", Tauti jatkoi täydellisellä asmr-äänellään.

Serkku nyökkäsi ja katsoi Tautia vakavoituen. Myös Eeva huomasi lähes nyökkäävänsä ennen kuin sai kaularankansa haltuunsa ja ravisti päätään ponnekkaasti.

"Oikein hyvä", Tauti hymyili, ja silitti serkun poskea. "Naisellinen yoni-energiasi voimistuu kuukristallista. Pidä sellaista tyynysi alla iltaisin."

Tauti työnsi kätensä taskuunsa ja poimi sieltä kristallin, jonka asetti punanenäisen serkun käteen. Tämä katsoi kiveä kuin se olisi puhdas timantti.

"Kiitos, mutta tämä varmasti riitt...", yritti Eeva päästä tilanteen herraksi.

"Ja lupaa minulle yksi asia."

Serkku tuijotti Tautia hypnotisoituna.

"Älä anna koskaan kenenkään yrittää estää sinua elämästä juuri sellaista elämää kuin itse haluat. Mene ja vapauta kehosi ja mielesi. Iloitse. Rakasta! Yski! Nauti! Aivastele! Juhli! Tapaa muita ihmisiä! Äläkä enää mieti *mitään* viruksia", Tauti painotti vielä viimeistä lausettaan, ennen kuin päästi serkun otteestaan.

Serkku hymyili varovaisesti.

"Olet oikeassa", hän nyökytteli ja pyyhki silmiään.

"Voi Filius, ehkä meillä on sittenkin toivoa!", Eevan serkku pyyhki räkää kämmenselkäänsä ja katsoi toiveikkaana Filiusta.

"Niin tuota, kyllä siellä kontrollissa olisi hyvä sitten käydä", yritti Eeva saada ihmeparantuneen serkkunsa huomiota.

"Minun täytyy mennä postaamaan tästä heti stoori. En ole aiemmin tajunnut, että kristallit voivat toimia. Siis *oikeasti*", hän sanoi ja kääntyi juoksemaan kohti talolle jäänyttä puhelintaan.

"Kyllä silti kannattaa suojautu..." Eeva yritti huutaa loittonevalle selälle.

"Noniin, missäs olimme?", Tauti kysyi hymyillen.

Kukaan ei ehtinyt vastata, sillä pihatieltä alkoi kuulua voimistuvaa pärinää. Kaikki kääntyivät katsomaan tien suuntaan.

"Ah. Sota saapuu", Euphoria totesi tyytyväisenä.

Pian pihan edustalle ajoi suuri punainen moottoripyörä, jonka kyydissä Eeva näki parrakkaan, pulleahkon nahkatakkisen miehen, jonka päätä koristi punainen patrioottien suosiossa oleva "Do Us Great Again" -lippis. Motoristi pysäytti pyöränsä. Kuuluva moottoripyörän pärinä kuitenkin täytti yhä ilman, kunnes mies nousi pyöränsä selästä ja löi napakasti nyrkillään tarakallaan ollutta pientä romuluisen näköistä kaiutinta. Pärinä lakkasi, ja mies asteli reippaasti Eevan ja vanhuksen luo.

"Agatha!"

"Marcus!"

Kuolema ja Sota tervehtivät toisiaan lämpimästi hymyillen ja halaten.

"Onpa mukavaa nähdä taas", Sota totesi taputtaen kuolemaa reippaasti hartioille.

Eeva olisi arvellut naisen luiden murtuvan ronskista otteesta, mutta kuolema ei hievahtanutkaan.

"Ja Effi!", Sota jatkoi. "Sinullakin on ollut nimittäin aika kiireinen vuosi", Sota sanoi ja vinkkasi Taudille silmää.

Tauti irvisti kuullessaan Sodan tälle antaman lempinimen ja tyytyi hymyilemään. Sota kohensi lippistä päässään. Eeva oli näkevinään vilauksen lipan alapuolelle kirjaillusta "Stay Woke" -tekstistä.

"Ollaan vuosia tehty töitä, että päästäisiin valtaamaan taas alaa länsimaissa, ja nyt tuntuu, että ollaan taas ihan läpimurron kynnyksellä. Koetetaan saada sinutkin kohta hommiin", mies hymyili vitsailevasti ja tönäisi Kuolemaa.

"Tuota... tässä on nyt varmasti jokin väärinkäsitys... ", Eeva sanoi vilkuillen huolestuneena ympärilleen.

"Missäs Nälkä on?", Sota katsoi ympärilleen.

Kutsumattomat vieraat olivat vetäneet jo useammankin vieraan huomion itseensä, ja Eeva huomasi huolekseen myös hänen äitinsä alkaneen luoda epäileviä silmäyksiä tulijoiden suuntaan. Onneksi Eevan äiti seisoi juuri vastapäätä pastoria, joka kehui Eevan äidille vuolaasti tämän kokkaustaitoja. Eevalla olisi vielä pari minuuttia aikaa hoitaa tilanne.

"Kuulkaa, jospa jatkaisimme keskustelua vaikka tuolla tien puolella... ", yritti Eeva johdattaa vieraita pois juhla-alueelta.

Hän ei kuitenkaan ehtinyt ottaa askeltakaan, kun pihalle asteli tummanruskea hevonen, jonka päätä koristivat vaaleat pilkut sekä vaaleanpunaiset suitset, joihin oli strasseilla kirjoitettu "Mölli". Viimeisetkin vieraat kääntyivät nähdäkseen hevosen, ja tämän selässä istuvan tumman ja suoraryhtisen naisen, jonka palmikoidut hiukset oli sidottu ylös päälaelle näyttävällä kirkaskuvioisella huivilla. Nainen nousi ratsailta vasta ollessaan lähes Eevan vieressä, ja tervehti kaikkia hymyillen.

"Desiré, onpa ihanaa nähdä sinua niin pitkästä aikaa!", Tauti, sanoi ja kurottui syleilemään Eeva nälänhädäksi arvaamaa naista.

Myös Sota taputti Nälänhätää tervehdyksen kera olalle, kun tämä kumartui halaamaan Kuolemaa. Eeva näki äitinsä sietokynnyksen ylittyneen ja tämän marssivan määrätietoisesti kohti joukkiota. Tilanne alkoi vaikuttaa todella huolestuttavalta. Olihan Eeva toki lukenut Pyhästä Kirjasta kertomuksen neljästä tuomiopäivän ratsastajasta, jotka saapuivat maan päälle aloittamaan maailmanlopun, mutta oli pitänyt kertomusta, kuten valtaosaa kirjan muistakin tapahtumista, puhtaana satuna. Toisaalta hän oli lähiaikoina huomannut olevansa väärässä huomattavan monesta muustakin asiasta.

"Vai sinä se jaksat vielä luottaa perinteiseen menopeliin", Sota sanoi mittaillen Nälänhädän hevosta katseellaan.

Nälänhätä pyöritteli silmiään.

"Voitteko uskoa, miten vaikeaa on löytää mustaa hevosta tällä varoitusajalla?", hän huokaili ja levitteli käsiään. "Mölli pitää sitten palauttaa ennen iltaa, joten kai ratsastamme pian?"

"Jospa veisimme tämän hevosen tuonne hieman kauemmaksi, Ella-Riitalla on paha aller... ", Eeva yritti epätoivoisesti.

"Eeva, *mitä* täällä tapahtuu?", jäähileinen ääni leikkasi ilmaa.

Eeva kääntyi ympäri. Hänen äitinsä hymyili seurueelle hymyä, joka ei tietäisi Eevalle hyvää.

"Filius kutsui heidät", pääsi Eevan suusta ennen kuin tämä ehti estää itseään. "vahingossa", hän yritti puolustella sekä itseään että taivaallista velipuoltaan.

"Olette toki kaikki tervetulleita juhliin", Eevan äiti sanoi hymyillen maireasti. "Lisävieraathan ovat aina *iloinen* yllätys", hän jatkoi äänellä, joka oli kuin vaahtokarkin sisälle leivottu partaterä.

"Käykää toki istumaan. Ja ottakaa kakkua!"

Ennen kuin Eeva ehti estää, oli tämän äiti paimentanut neljä ilmestyskirjan ratsastajaa pöydän ääreen. Tuomiopäivän nelikko näytti aavistuksen koomisilta istuessaan pienen vaaleanpunaisen puutarhapöydän ympärillä kakkulautaset edessään. Erityisesti Sodan ja Taudin oli vaikea mahtua pienille puutarhatuoleille. Kuolema sen sijaan näytti olevan kuin kotonaan ja ryysti asetilta kahvia sokeripala huulien välissä. Mölli oli hätistelty syrjemmälle, ja se hamusi parhaillaan pihan laidalle olevaa omenapuuta. Eeva ja Filius istuivat Kuoleman ja Sodan välissä pöydän ympärillä.

"Des, miten sinulla menee nykyisin?", Tauti aloitti keskustelun luoden ystävällisen katseen viimeiseksi saapuneeseen ratsastajaan.

Nälänhätä naksautti kieltään ja pudisti päätään.

"Sitä tavallista. Ilmastonmuutos toki vaarantaa ruokavarmuutta globaalissa mittakaavassa ennennäkemättömällä tavalla. Ja laadullisen nälän osalta olemme saaneet vahvaa jalansijaa kehittyneessä maailmassa", Nälänhätä luetteli. "Mutta Marcus, onneksi olkoon sinulle uudesta aluevaltauksesta. Me emme kyllä hetkeäkään epäilleet, ettet pääsisi valoilleen myös lännessä, vaikka maailmansotien jälkeen on ollut kovin hiljaista", Nälänhätä jatkoi viitaten Eevan arvailujen mukaan muutamia vuosia sitten alkaneeseen sotaan Eevan asuinmaan naapurimaan ja tämän eteläisen naapurin välillä.

Muut ratsastajat lausuivat onnitteluja ja nostivat tee- ja kahvikuppejaan Sodalle.

"Kiitos, kiitos. Eihän siinä lopulta tarvittu kuin yksi hullu diktaattori, jolle paidaton poseerailu aseiden kanssa ei enää riittänyt kompensoimaan sukukalleuden vaatimatonta suorituskykyä. Mutta Euphoria, hatunnoston arvoinen suoritus muuten heti vuosikymmenen alkuun. Uusi todella globaali pandemia sitten mustan surman. Jos jatkat tuolla somepreesensillä, niin kohta kukaan ei enää usko rokotteisiin ja saadaan Agathalle töitä", Sota vinkkasi kohti Kuolemaa ja kohotti hattuaan Taudille muiden ratsastajien yhtyessä onnitteluihin lukuun ottamatta Kuolemaa, joka oli keskittynyt kaatamaan lisää kahvia lautaselleen.

Eeva katseli tuomiopäivän ratsastajia. Tuntui vaikealta uskoa, että nuo neljä pieniltä vaaleanpunaisilta teelautasilta Brita-kakkua maistelevat ratsastajat olisivat aiheuttaneet kaikki maailman sodat, taudit ja hävityksen. Toisaalta ihmiskunta oli Eevan mielestä aina vaikuttanut itsestäänkin olevan vain pienen tuuppauksen päässä seuraavaan katastrofiin huolettomasti astelemisesta.

"Ettekö te voisi vain ... lopettaa?", Eeva sanoi ja katsoi ratsastajia pyytävästi.

Ratsastaja hiljentyivät ja kääntyivät katsomaan Eevaa, aivan kuin olisivat unohtaneet tämän läsnäolon.

"Te aiheutatte niin paljon kuolemaa ja kärsimystä", Eeva yritti vedota ratsastajien uteliaisiin katseisiin. "Ymmärrän, että ette pysty tuntemaan tuhoa ja tuskaa, jota aiheutatte, ettekä välitä ihmisistä, mutta ettekö voisi välillä vaikka... kokeilla bridgeä?"

Ratsastajat tuijottivat hetken Eevaa hiljaisuuden vallitessa.

"Aika ikävästi sanottu", Tauti totesi katsoen Eeva vakavasti.

"Aivan kuin meillä ei olisi tunteita lainkaan", Sota yhtyi mukaan.

"Kuvitteletko sinä todella, että me nautimme tästä?" Nälänhätä kysyi katsoen Eevaa pistävästi.

Jopa Kuolema tuijotti Eevaa syyttävästi samalla kun ryysti kahvia asetiltaan.

"Kuulehan, lapsi", Sota aloitti kumartuen Eevan puoleen. "Me emme kylvä tuhoa ja kuolemaa ihmisten keskuuteen mitenkään *huviksemme.*"

"Kyse on kannanhoidollisista toimenpiteistä", Nälänhätä jatkoi. "Ihmiset lisääntyvät kuin kaniinit, jos heidän antaa vain olla. Näetkö mitä ne tekevät omalle elinympäristölleen?" Nälänhätä pudisteli päätään.

"Katsos, me olemme itse asiassa pitäneet ihmis*lajin* hengissä vuosituhansien ajan", Sota selitti. "Agatha tuli ensimmäisenä. Eihän siitä mitään tulisi, jos ihmiset eläisivät ikuisesti".

Muut ratsastajat nyökyttelivät. Kuolema laittoi asettinsa syrjään ja siirtyi lusikoimaan kakkua.

"Ennen ihmiset osasivat elää harmoniassa. Ruokaa kerättiin vain sen verran kuin sitä tarvittiin ja voitiin kantaa mukana, ja lisääntymistä säännösteltiin. Luonnonvalinta tietysti hoiti myös osansa", Sota alkoi kertoa. "Mutta sitten ihmisestä tuli ahne. Maata alettiin viljellä. Ihminen kuvitteli voivansa omistaa maata ja alkoi kerätä omaisuutta".

"Minä yritin saada heitä palaamaan metsästykseen ja keräilyyn näyttämällä, mitä monokulttuuri ja ryöstöviljely sekä suolaantuminen tekevät sadolle. Mutta mitä ihminen tekee? Alkaa vallata *lisää* viljelytilaa ja perustaa *lisää* peltoja", Nälänhätä lisäsi tuohtuneena.

"Ihmiset alkoivat perustaa kyliä ja kaupunkeja ja lisääntyä yhä nopeammin. Silloin minä ja Effi tulimme mukaan kuvioihin", Sota jatkoi kertomustaan nyökäten Taudin suuntaan.

Tauti nyökkäsi ja Sota jatkoi.

"Oletko kuullut pääsiäissaarista?" Sota kysyi katsoen Eevaa.

Eeva nyökkäsi varovasti.

"Aivan ihana paikka. Todellinen paratiisi, missä puut notkuivat hedelmiä ja metsän olivat kansoittaneet linnut. Mutta lisääpä paikalle pari ihmistä, niin.... Me toki yritimme, mutta saavuimme paikalle liian myöhään", Sodan ääni vaikeani.

"Vielä joitain tuhansia vuosia pystyimme pitämään ihmiskunnan tilanteen jollain tapaa hallinnassa." Tauti aloitti. "Mutta sitten ihminen alkoi *teollistua*", Tauti sylkäisi viimeisen sanan suustaan inhoten.

"Kaikkien näiden vuosien jälkeen tuntuu, että olemme häviämässä taistelun", Nälänhätä lisäsi surullisena. "Ihmiset ovat tuhoamassa oman planeettansa. Heidän ainoan elinympäristönsä."

Kaikki ratsastajat hiljentyivät heitä painaneen tosiasian edessä.

"Minä ajattelin", Tauti jatkoi hiljaisesti, "että ehkä ei olisi liian myöhäistä. Ehkä todellinen globaali pandemia saisi heidät edes hetkeksi lopettamaan matkustamisen, istumaan kodeissaan ja miettimään, mikä elämässä on todella tärkeää."

Tauti vaikeni hetkeksi ennen kuin jatkoi ivallisesti.

"Ja mitä ihmiset tekevät? Lennättävät tyhjiä koneita ympäri maailmaa."

Nälänhätä naksautti kieltään paheksuvasti ja Sota pudisteli päätään.

"Oikeasti, välillä tuntuu siltä, että ihmiset *haluaisivat* tuhota koko lajinsa", Sota puuskahti.

Tauti ja Nälänhätä nyökyttelivät ja Kuolema irvisti kermavaahtoa suupielissään.

Seurue istui hetken hiljaa. Eeva yritti tajuta kuulemaansa. Ratsastajien kertomus kuulosti toisaalta järkevältä, mutta jolloin tapaa Eevan oli vaikea ajatella, että kuoleman kylväminen ihmisten keskuuteen olisi *hyvä* teko. Toisaalta Eevan täytyi yhtyä ratsastajien viimeisimpään toteamukseen. Myös hänestä vaikutti siltä, että ihmiset kulkivat päämäärätietoisesti kohti omaa loppuaan.

"Noh, me olemme tehneet parhaamme", Sota yritti piristää vakavamielisiä ratsastajia. "Mutta eiköhän mennä ja laiteta maailmanloppu alulle".

"Kiitos kakusta, se oli todella hyvää", Nälänhätä totesi Eevalle ratsastajien noustessa ylös.

"Siis mikä?", Eeva huudahti ja ponnahti myös tuoliltaan ylös.

"Kakku", nälänhätä totesi hymyillen ystävällisesti.

Eeva katsoi ratsastajia hätääntyneenä.

"Sanoitteko maailmanloppu?"

Kuolema kohdisti silmänsä Eevaan.

"Sitä vartenhan tänne on tultu", Kuolema totesi rauhallisena.

"Me olemme ilmestyskirjan neljä ratsastajaa", Tauti selitti. "Me aloitamme maailmanlopun."

"Tai tarkalleen ottaen Fili aloitti", Nälänhätä täsmensi. "Me tulimme heti kun saimme tiedon".

Kaikki kääntyivät katsomaan Eevan jumalallista velipuolta, joka oli juuri kohottamassa kakkupalaa suuhunsa.

"Fili?", Eeva kysyi.

"Niin messiaan toinen tuleminen maan päälle, elävien ja kuolleiden tuomitseminen. Maailman loppu, tiedäthän", Tauti selitti heiluttaen kättään.

"Oikeastaan Pyhän Kirjan mukaan meidän olisi pitänyt ratsastaa jo *ennen* kuin Jumalan poika saapui", Nälänhätä täsmensi vilkaisten Filiusta hieman arvostelevasti," mutta joku ei viitsinyt ilmoittaa paluustaan etukäteen."

"Minä olen melko varma, että Filiuksen tuli nimenomaan saapua *ennen* ratsastajia." Sota huomautti.

Nälänhätä pyöritti silmiään ja huokaisi syvään.

"Uskotko sinä vieläkin oikeasti… "

"Kaksoset 22.5–21.6. Viikonloppu tuo iloa ja oivalluksia eteesi, vaikka vanha kina vaivaa mieltäsi. Jumalan poika laskeutuu taivaasta maan päälle jalolla ratsulla. Nyt on otollinen aika tehdä jotain hauskaa vain itseäsi varten!", Sota luki nuhjuuntuneesta ja repaleisesta lehdestä, jonka oli kaivanut liivinsä sisätaskusta.

"Suosikit -lehden horoskooppi vuodelta 1998. Kaikkein tarkin ikinä laadittu ennustus maailman lopusta", Sota selitti esitellen lehteä Eevalle.

Eeva katsoi kiiltonsa aikaa sitten menettänyttä, repeillyttä kantta, jossa siniseen neuletakkiin pukeutuneen poikabändin jäsenen alla luki suurin kirjaimin "SUPEKULTAPLATINATURBO". Eeva katsoi Sotaa epäilevästi.

"Juhani Virtanen–Korhonen. Hän oli maailmanhistorian tarkin profeetta", Sota sanoi innokkaana. "Hänen ainoat julkaistut ennustuksensa sijoittuvat Suosikit lehden horoskooppi -palstalle vuonna 1998 numeroihin 3 ja 4. Minulla on valitettavasti vain yksi numeroista", hän jatkoi silittäen hellästi aviisia.

"Virtanen–Korhonen itse valitettavasti kuoli tapaturmaisesti huhtikuussa vuonna 1998. 'Kalat 12.9–20.3. Jos et pidä varaasi, hartioillesi pudotetaan yllättävä taakka. Sota nostaa Antikristuksen ratsailleen, ja niin alkavat lopun ajat. Kuun alkupuolella sateenvarjo kannattaa pitää mukana'", Sota luki. "Valitettavasti Virtanen–Korhonen ei pitänyt varaansa, vaan kuoli jäätyään niskaansa pudonneen flyygelin alle Kaloniuksenkadulla", hän jatkoi.

Nälänhätä tuhahti.

"Profetiat ovat kuin sääennusteita", hän selitti Eevalle. "Usko on asia, joka todella määrittää maailmaa."

"Usko, ja ihmisten loputon typeryys", Tauti huomautti.

"Ja toimeliaat kädet", Kuolema lisäsi. "Mistä puheenollen, kipaisisitko nuorilla jaloillasi minulle vielä yhden kupillisen kahvia ja sokeria?"

Eeva katseli ihmeissään ratsastajia ja yritti järjestää kuulemaansa päässään edes jollain tavoin loogiseen muotoon.

"Tuota... Tässä on käynyt nyt erehdys", Eeva aloitti. "Filius ei ole tullut maan päälle tuomitsemaan eläviä ja kuolleita. Tai aloittamaan maailmanloppua. Itseasiassa, hän on vain käymässä ja lähtee taivaaseen takaisin ihan tuota pikaa", hän vakuutteli vilkaisten sivusilmällä messiasta, joka pyyhki hieman nolostuneen näköisenä marenkipaloja suupielestään.

Ratsastajat seisahtuivat ja katsoivat toisiaan arvioivasti.

"Filiuksen tulo maan päälle oli oikeastaan puhdas *vahinko*", Eeva jatkoi. "Pahoittelen toki vaivaa, mutta jospa tulisitte aloittamaan maailmanloppua sitten myöhemmin uudestaan? Tätä voisi pitää oikeastaan enemmänkin harjoituksena", Eeva yritti saada ratsastajia puolelleen.

Ehdotus sai aikaan pohtivaa kulmien kurtistelua.

"Toisaalta, olemme nyt kerrankin kaikki jo koolla...", Tauti sanoi miettaliäästi.

"Minä vuokrasin hevosen ihan tätä varten", jatkoi Nälänhätä.

"Kerrankin tapahtuu jotain jännittävää!", Kuolema lisäsi innostuneena. "Minä voisin ottaa sen kahvin mukaan", hän vielä lisäsi Eevalle.

"Eli se on päätetty", Sota totesi kevyesti. "Maailmanlopun ratsastajat, kootkaa ratsunne. Maailmanloppu alkakoon"

Kuolema taputti innostuneena käsiään.

"Heti kun Antikristus saapuu paikalle", Sota lopetti.

Tauti pyöräytti silmiään.

"Virtanen-Korhosen mukaan Antikristus saapuu ratsastamaan Sodan ratsulla. Otin nimenomaan kaksinistuttavan pyöräni tätä varten", Sota puolusteli.

"Tiedäthän sinä, ettei hän mielellään matkusta yksin maan päälle", Tauti huomautti.

"Minä en kyllä jää odottelemaan koko iltaa, aikooko Antikristus saapua paikalle", Nälänhätä huoahti.

"Minä soitan Lucille", Sota rauhoitteli ja kaivoi taskustaan esiin puhelimen.

"Ei!" Eeva huudahti.

"Asennetaan ohjelmistopäivitystä. Voi helv...", aloitti Sota manata avatessaan puhelimensa.

"Ei siis tarvitse soittaa, sillä... minä voin hakea Antikristuksen!"

Kaikki ratsastajat kääntyivät katsomaan kysyvästi Eevaa. Nälänhätä kohotti kulmaansa arvostelevasti.

"Siis me voimme Filiuksen kanssa hakea Antikristuksen", Eeva takelteli hieman velipuolensa kutsumanimen kohdalla. "Eihän maailmanloppua nyt kannata aloittaa puolivillaisesti ilman joukon päätähteä, vai mitä?"

”Hah!” Nälänhätä päästi ilmoille.

”Vai päätähti”, Kuolema mutisi.

”Sinä alat kuulostaa Luciukselta”, Tauti totesi huvittuneena viitaten manalan valtiaaseen.

Eeva punastui hieman.

”Tai siis yhtä identtisen tärkeää jäsentä. Mutta silti hyvin tärkeää maailmanlopun aloittamiselle. Kuten toki te kaikki. Olennaisen tärkeää”, Eeva yritti tasapainotella.

”Sovittu. Fili hakea tyttönsä kanssa Antikristuksen ja sitten me aloitamme maailmanlopun”, Sota löi Eevaa hartioille.

”Aivan. Me tulemme Antikristuksen kanssa takaisin aivan tuossa tuokiossa. Ei siis mitään tarvetta soittaa kenellekään”, Eeva vakuutteli pakottaen suunsa hymyyn, jota vain likinäköinen maamyyrä voisi kuvailla rohkaisevaksi.

”Tiedätkö sinä edes, miten Helvetiin päästään?”, Nälänhätä sanoi katsoen Eevaa arvioiden samalla kun muut ratsastajat kääntyivät keskustelemaan maailmanlopun alun yksityiskohdista.

”Tietenkin. Totta kai. Minä haen sen kahvin mukaan, niin pääsette aloittamaan maailmanloppua aivan tuota pikaa”, hän vakuutteli kiskoen Filiuksen mukaansa.

Hänen oli keksittävä jotain pian. Eevan äiti ei ikinä antaisi tälle anteeksi, jos tämä aloittaisi maailmanlopun ja vielä hänen mummonsa syntymäpäivänä.

Eeva seisoi tien reunassa Filius vierellään. He odottivat bussia. Kädessään messias kantoi kahvikuppia, johon Eeva oli sullonut orkidean pienen multapaakun kanssa. Vaikka kyseessä oli selvästi maailmankaikkeuden ylimielisin kasvi, ei Eeva halunnut kuitenkaan joutua vastuuseen taivaallisen sisaruspuolensa nääntymisestä.

Eeva puristeli huolestuneena mekkonsa taskunsuita. Jopa Filius näytti hieman huolestuneelta. Maailmanlopun ratsastajat olivat käyneet vielä pitkän ja kiivaan keskustelun maailmanlopun aloittamiseen tarvittavista järjestelyistä. Kuolema oli ilmoittanut, että hän ei aloittaisi maailmanloppua ilman puhdasta nenäliinaa taskussaan, joten hänen pitäisi ehdottomasti käydä kaupassa ennen lopun alkua. Sota oli taas ilmoittanut, että hänen pitäisi ladata sähkömoottoripyöränsä akku. Ilmoituksia oli seurannut pitkä keskustelu siitä, milloin ja missä maailmanloppu olisi soveliasta aloittaa. Paikalle pienellä sähkökäyttöisellä rullatuolia muistuttavalla skootterilla huristellut Kuolema sanoi, että hänen puolestaan Eevan mummon puutarhatonttujen reunustama pihatie oli maailmanlopun aloittamiseen aivan yhtä sovelias, kuin minä tahansa muukin paikka. Tauti puolestaan vaati, että kyllä heidän nyt pitäisi sentään valita jokin hieman tyylikkäämpi sijainti, ja saatuaan Nälänhädän puolelleen he olivat sopineet ratsastavansa keskustassa pääkatuna toimivaa Marsalkantietä etelään.

Ratsastuksen ajankohtaa oli sen sijaan ollut vaikeampi sopia. Nälänhätä oli taas muistuttanut, että hänen pitäisi palauttaa Mölli ennen illan tuloa. Lopulta Kuolema oli ehdottanut, että he kokoontuisivat keskustassa kansaintoriksi nimetyllä aukiolla kello kuudelta, jolloin myös Eevan ja Antikristuksen tulisi saapua paikalle. Muut ratsastajat olivat tyytyneet ehdotukseen. Ja niin Kuolema oli, Eevan lopulta tälle tuoman santsikupillisen jälkeen, suunnannut kohti läheistä markettia, kun taas Sota oli lainannut Eevan äidiltä jatkojohdon ja jäänyt istuskelemaan Eevan mummon verannalle odottamaan moottoripyöränsä latausta. Nälänhätä oli ilmoittanut, että jos heillä kerta oli vielä aikaa, hän ottaisi toisen annoksen kakkua, ja ehkä yhden tuulihatun. Tauti oli taas ilmoittanut hoitavansa muutaman työasian läheisessä lastentarhassa ja tapaavansa kaikki keskustassa myöhemmin.

Filius seisoskeli Eevan vieressä hieman vaivaantuneen oloisena.

"Kuulitko sen puheen siitä, että minun pitäisi tuomita eläviä ja kuolleita?" messias sai lopulta sanotuksi.

"Mmm-hmm?" Eeva nyökkäsi ajatuksissaan tähyillen samalla tietä suunnasta, mistä bussin pitäisi saapua. Hän muisti myös hämärästi Pyhän Kirjan ennustukset siitä, miten Jumalan poika tulisi maailmanlopun aikana maan päälle tuomitsemaan eläviä ja kuolleita ja päästämään uskolliset seuraajansa taivaaseen. Filius nypläsi hermostuneena toogansa laskosta.

"Minä kun en oikein vain... pidä ihmisen tuomitsemisesta. Jumalahan rakastaa yhtä lailla kaikkia luotujaan ja ... toki jos se on hänen suunnitelmansa, niin minä... mutta..." messiaan puhe hiipui ja hän loi katseen jalkoihinsa.

Eeva siirsi huomionsa tiestä velipuoleensa. Hän ei ollut nähnyt Filiusta aiemmin epävarmana, ja mies oli sentään antanut väkijoukon lynkata hänet panematta lainkaan vastaan. Tosin Eeva oli aina Pyhää Kirjaa lukiessaan ajatellut, että jos Jumalan poika vain olisi avannut suunsa ja selittänyt, että hän tarkoitti olevansa Jumalan poika ennemmin kuvainnollisesti kuin kirjalimellisesti ja pyytänyt ehkä anteeksi sitä koko pöytien kaatamisjupakkaa pyhäpäivänä järjestetyillä markkinoilla, olisi messiaan maallisen vaelluksen loppu voinut hyvinkin olla huomattavasti vähemmän dramaattinen – joskaan Eeva ei ollut varma laskettaisiinko marttyyrikuolemaksi esimerkiksi liukastuminen vanhoilla päivillään kylpyammeessa, joten Filiuksen brändi olisi saattanut rauhaisammasta elon ehtoosta jonkin verran kärsiä. Yleensä Filiuksen naiivi usko isäänsä herätti Eevassa lähinnä ärtymystä, ja Eeva teki mieli kysyä Filiukselta, oli tämä ikinä nähnyt isänsä varsinaisesti tekevän mitään suunnitelmia, jotka eivät liittyneet korttipeleihin tai näihin kiinteästi liittyviin aktiviteetteihin, mutta jokin velipuolensa huolestuneisuudessa sai Eevan kuitenkin heltymään.

"Tuota... Sinänsähän ennustuksissa ei mainita mitään siitä, *miten* sinun pitäisi ihmiset tuomita. Ehkä voit tuomita kaikki elävät ja kuolleet taivaaseen?" Eeva lohdutti. "Tai ehkä pari ärsyttävintä tapausta vaikkapa ikuisuuden kestäville harpunsoittotunneille", hän lisäsi erään nimeltämainitsemattoman esihenkilön kuvan lipuessa mieleensä.

"Luuletko tosiaan niin?" Filiuksen katse kirkastui.

"Totta kai. En usko, että Jumalaa kiinnost... tai siis että hän varmasti luottaa sinun harkintakykyysi"

Filius hymyili Eevalle niin kuin vain helpottunut messias voi.

"Mutta sinun ei joka tapauksessa tarvitse huolehtia siitä vielä. Me nimittäin estämme maailmanlopun", Eeva toppuutteli nopeasti Filiusta, kun tämä alkoi avata käsiään messiaaniseen halaukseen.

Filius katsoi Eevaa hämmentyneenä.

"Mutta sanoit, että menemme hakemaan Antikristuksen, jotta maailmanloppu voi alkaa"

Eeva huokaisi ja selitti velipuolelleen, että heidän tarkoituksensa oli mennä Helvettiin nimenomaan estämään Antikristuksen saapuminen maan päälle. Eevan oli myönnettävä, ettei hänellä tosin ollut vielä mitään kovin tarkkaa suunnitelmaa, miten tämä tapahtuisi, mutta hän arveli, että he keksisivät kyllä jotain heti kun he olivat ensin löytäneet tien helvettiin. Ehkä he voisivat luoda jonkin harhautuksen, kaataa Helvetin wifi-yhteyden tai varastaa Saatanan kännykän, oli Eeva pyöritellyt mielessään. Pahimmassa tapauksessa Eeva voisi ehkä harkita jopa sielunsa myyntiä Paholaiselle, mikäli kauppaan ei kuuluisi epäinhimillistä kidutusta, kuten kuorolaulua, mutta tätä hän ei tietenkään maininnut velipuolelleen.

"Mutta jos profetia kerta sanoi Antikristuksen saapuvan maan päälle, niin … ", aloitti Filius epäileväisenä.

"Kuulit mitä Nälänhätä sanoi. Profetiat ovat kuin sääennusteita. Asiat voivat vielä muuttua"

Filius näytti hetken epäileväiseltä, mutta pian tuttu lammasmainen seuraa johtajaa -ilme palasi messiaan kasvoille.

"Kaikki käy lopulta varmasti isän tahdon mukaan", hän kohautti olkapäitään.

Eeva kääntyi taas kohti tietä, jottei hänen velipuolensa näkisi tämän pyörittelevän silmiään. Hyväuskoinen messias oli kuitenkin luultavasti mukavampaa matkaseuraa kuin uskonkriisissä rypevä messias. Samalla bussi viimein kaartoi näkyviin kulman takaa ja Eeva heilutti malttamattomana kättään.

"Minne me nyt olemmekaan matkalla?", Filius kysyi bussin pysähtyessä kirskahtaen.

"Ensiksi", Eeva huikkasi ja astui bussin kyytiin. "Me tutustumme koko profetiaan."

Eeva maksoi heidän matkansa bussikuskille rahoilla, jotka hän oli selittänyt vain hetkellisesti lainaavansa mummonsa metallisesta keksirasiasta, missä tämä säilytti maallista mammonaansa. He istuivat vastakkaisille vapaille paikoille ikkunan viereen.

"Sitten", Eeva piti pienen taiteellisen paussin ja kumartui Filiuksen puoleen hymyillen pienesti. "Me muutamme historiaa."

Filius katseli Eevaa hetken mietteliäänä.

"Tarkoitatko siis, että me teemme historiaa?", Filius kysyi "Tai muutamme tulevaisuutta?"

Eeva katsoi velipuoltaan ärsyyntyneenä ja tuhahti vastaukseksi. Mieheltä puuttui selvästi draaman taju.

Bussin nytkähdellessä eteenpäin Eeva kävi mielessään läpi suunnitelmaansa. Heidän tulisi jollain tapaa löytää Antikristus ja jollain tapaa estää tämän liittyminen ratsastajien joukkoon. Ensiksi he etsisivät käsiinsä Sodan mainitsemat profetiat, sillä Eeva toivoi, että niistä löytyisi jokin vihje siitä, miten he pääsisivät Antikristuksen luo. Tai kenties profetioista löytyisi jokin muu tapa estää maailmanlopun alku, Eeva ajatteli toiveikkaana. Ja ehkä, he voisivat samalla järjestää parhain päin eräitä erääntyviä kaunokirjallisia teoksia koskevan kysymyksen, lisäsi pieni ääni Eevan takaraivossa. Heillä oli paljon tehtävää.

Eeva istui bussissa ja katseli ulos ikkunasta. Filius istui hänen vieressään hymyillen laupeasti muille matkustajille orkidea sylissään. Eeva huokasi. Onneksi he lähestyivät jo keskustan kirjastoa. Eeva oli huomannut jo heidän lyhyen joukkoliikennematkansa aikana, että Filius veti puoleensa mitä erilaisimpia hörhöjä kuin jäinen metalliputki pikkulasten kieliä.

Eeva oli oppinut kaupungin käytöstavat jo varhain. Hän osasi luovia väkijoukossa vastavirtaan ja istua metrossa toista matkustajaa vastapäätä katsoen ihmisen pään läpi, muttei koskaan suoraan silmiin. Eeva oli kuitenkin jo pian heidän istuttuaan bussiin huomannut, että tuota ihmisten kohtaamatta jättämisen taidetta oli turha yrittää selittää tai opettaa Filiukselle, sillä tämä katsoi jokaista vastaantulijaa kuin rapsutuksia odottava kultainennoutaja, olipa kyseessä sitten kuulokkeet korvilla kulkeva teini tai keltaista muovikassia kantava pultsari.

Nyt Eevaa ja Filiusta vastapäätä oli taas asettautunut humalainen mies, ja Eeva oli lisännyt normaaliin matkustuskatseeseensa vielä hieman lisää kovuutta kohdatakseen vastustajansa.

"Anteeksi, mitä sanoit, en saanut selvää" vastasi Filius humalaisen miehen suustaan päästämään mongerrukseen.

Eevan teki mieli lyödä kämmenellä kasvoihin – joko omiin tai Filiuksen. Humalaisen miehen kasvoihin syttyi kuitenkin innostuksen pilkahdus hänen saadessaan odotustensa vastaisesti juttukumppanin. Nyt Eeva joutuisi taas kuuntelemaan humalaisia lauseenpätkiä ja tuntemaan nahoissaan Filiuksen loukkaantuneen ilmeen, kun Eeva kieltäytyisi kättelemästä tuon laitapuolen kulkijan mustakyntistä kättä, jonka kosketuksesta saippuaan oli luultavasti kulunut useamman kuunkierron verran. Myös orkidea vaikutti kääntäneensä kukkansa poispäin Filiuksen juttukumppanista, mitä Eeva piti ensimmäisenä merkkinä siitä, että heissä ehkä oli kuin olikin edes jotain yhteistä. Eeva siristi silmiään. Oliko orkidean varresta kasvamassa esiin pienen pieni piikki, vai näkikö hän vain omiaan?

Eeva ravisti päätään ja katsoi taas velipuoltaan. Eeva huomasi sisimmässään olevansa hieman katkera Filiukselle, ja sille, miten helppoa tämän oli suhtautua kaikkiin ihmisiin ystävällisesti. Helppoahan se oli, Eeva ajatteli, sillä Filius ei varmasti ollut joutunut kuuntelemaan pienestä pitäen varoituksia ja kauhutarinoita yksin ulkona liikkumisesta ja joka kulman takana vaanivasta ei-konsensuaalisen sukupuoliyhteyden uhasta, jos tämä pukeutuisi liian paljastavaan tunikaan, olisi liian iloinen, liian ystävällinen tai liikkuisi muutoin vain vaarallisella seudulla. Helppohan Filiuksen oli rakastaa kaikkia ihmisiä, kun tämä ei varmasti ollut joutunut puntaroimaan mielessään, pitäisikö uhrata määräaikainen työsuhde vai antaa kännissä huojuvan pomon jatkaa pakaroidensa puristelua tanssilattialla työpaikan pikkujouluissa. Eeva meinasi vielä lisätä, ettei kukaan koskaan ollut vainonnut Filiusta lähettelemällä ei-toivottuja kuvia keskellä yötä, mutta nolostui hieman kesken ajatuksen. No hyvä on, Filiusta oli ehkä vainottu, mutta tämä sentään uskoi, että kaiken takana oli hänen taivaallisen isänsä suuri hyväntahtoinen suunnitelma, eikä patriarkaatti.

Silti Eeva ei voinut olla ihmettelemättä, miten Filius pysyi kaikesta huolimatta niin sokean luottavaisena sekä ihmisten että jumalten hyvyyteen. Filiuksesta tuntui huokuvan järkähtämätön usko siihen, että kaikki kyllä järjestyisi. Ja niin tietysti järjestyisikin, sillä Eeva oli paikalla hoitamassa kaiken järjestykseen, puhahti Eeva itsekseen.

Viimein bussi jarrutti heidän pysäkilleen ja Eeva sai nyhdettyä Filiuksen ulos ratikasta ennen kuin räkäklimpin juuri kämmenselkäänsä pyyhkinyt mies ehti nousta ylös halaamaan Messiasta. He kävelivät vielä muutaman korttelin, kunnes huomasivat seisovansa taivasta kohti kaartuvan valtavan rakennuksen edessä. Rakennus oli selvästi modernin arkkitehtuurin taidonnäyte, sillä siinä ei ollut ainoatakaan suoraa seinää. Lisäksi sen seinään painetussa pronssilaatassa luki selkeillä kirjaimilla "Modernin arkkitehtuurin taidonnäyte -kilpailun voittaja".

"Mikä paikka tämä on?", Filius kysyi vaikuttuneena heidän edessään kokoavasta puupaneloidusta seinämästä.

"Kirjasto", Eeva totesi tavoitellen uskottavuutta ääneensä.

Tosiasia nimittäin oli, että vaikka Eeva rakasti kirjastoja ja lukemista, hän ei ollut koskaan käynyt tässä, asuinkaupunkinsa arkkitehtoniseksi helmeksi nimetyssä rakennuksessa. Sen sijaan hän vieraili säännöllisesti omassa pienessä lähikirjastossaan, missä hän osaisi suunnistaa matalien hyllyjen seassa unissaankin. Uutta pääkirjastoa oli mainostettu erilaisin ylisanoin, kuin "interaktiivinen", "innovatiivinen", "seikkailullinen", ja "kokeileva", jotka kaikki saivat Eevan vaistomaisesti vaihtamaan kadun puolta ohittaessaan rakennuksen.

Edellisen kerran Eeva oli joutunut "innovatiiviseksi" hehkutettuun rakennukseen, kun tämä oli poistunut vahingossa metrossa väärällä pysäkillä ja löytänyt itsensä uudesta "elämyksellisestä" kauppakeskuksesta. Kauppakeskuksen ideoineet mainoshenkilöt olivat perustelleet kaareutuvia seiniä, kattoja ja lattioita, sekä lattiassa yllättäen aukeavia reikiä sillä, että kyseessä ei ollut enää mikään kauppareissu, vaan kokonaisvaltainen, "immersoiva todellisuus". Eeva oli tosiaan tuntenut joutuneensa toiseen todellisuuteen astuessaan vahingossa lattiassa olleen aukon kautta putkeen, joka sylkäisi hänet ulos neljä kerrosta ylempänä kattoterassilla, jonne oli rakennettu planetaario. Ei kokemuksessa toki mitään vikaa olisi ollut, ellei Eeva olisi käytettyään seuraavan vuorokauden yrittäen löytää tietä ulos, olisi jäänyt paitsi omista valmistujaisjuhlistaan. Lopulta eräs kauppakeskukseen kadonneita ihmisiä löytämään koulutettu entinen rauniokoira oli paikantanut Eevan ja opastanut tämän ulos. Sen jälkeen Eeva oli vannonut, ettei koskaan enää astuisi jalallaan ainoaankaan rakennukseen, jota kuvailtaisiin sanalla "rohkea" tai "innovatiivinen".

Nyt hän kuitenkin seisoi tällaisen rakennuksen sisäänkäynniksi arvioimansa syvennyksen edessä heilutellen käsiään.

"Sitä kutsutaan liikesensoriksi", selitti Eeva Filiukselle samalla kun yritti huitoa käsiään mahdollisimman huomiota herättämättä. "Se saa oven avautumaan nähdessään liikettä."

"Onpa mielenkiintoista", Filius sanoi katsellen Eevan koreografiaa.

"Tunsin nuoruudessani yhden hieman samantapaisen tavernan. Sinne päästäkseen piti ovella vahtia pitävälle vartijalle esittää viehättävä tanssi", Filius jatkoi. "Ehkäpä sensori pitäisi, jos liikuttaisit jalkojasi hieman rytmikkäämmin?"

Eeva oli juuri luomassa Filiukseen murhaavan katseen, kun hän huomasi nuoren lökäpöksyisen pojan laahustavan kohti rakennuksen toista sivustaa. Eeva lopetti huitomisen ja alkoi seurata poikaa mahdollisimman luontevasti. Kierrettyään rakennuksen kulman ympäri he pian saapuivat pienelle mitäänsanomattomalle ovelle, josta poika puikahti sisään. Eeva seurasi perässä ja piti ovea raollaan viittoen Filiusta seuraamaan.

He astuivat sisään kirjastoon. Tai niin Eeva ainakin oli luullut. Kirjoja ei tosin näkynyt missään. Eeva huomasi sen sijaan seisovansa valtavan ylös kohoavan kierreportaikon ja erikoiskahveja ja viiniä tarjoilevan baarin välissä. Heidän edessään tila laajeni jonkinlaiseksi valtavaksi käytäväksi, jonka seiniä reunustivat tyylikkään näköiset ja täten istumismukavuudeltaan olemattomat penkit. Eevan katse osui lopulta etäisesti vastaanottotiskiä muistuttavaan puusta ja lasista tehtyyn korkeaan pöytään, jonka ääressä seisoi nuori, sukupuolensa olettamisesta Eeva arvelun mukaan suuttuva henkilö paksut kuulokkeet päässään.

Eeva asteli sukupuoliolettamattoman henkilön luokse ja selvitti kurkkuaan.

"Anteeksi", hän köhäisi.

Pöydän toisella puolella puolelta toiselle huojunut pää kohotti aavistuksen kysyvän oloisen katseensa Eevaan ja raotti kuuloketta toiselta korvaltaan. Eeva kävi sisällään lyhyen kamppailun, ja avasi suunsa lopulta kysymykseen, joka ei koskenut erääntyneiden teosten uusimista ilman minkäänlaista henkilöllisyystodistusta tai kirjastokorttia.

"Mistä täältä löytyy lehtiarkisto?"

Määrittelemättömiin lisääntymiselimiin kiinnittynyt vartalo kiertyi hieman Eeva kohti. Henkilön silmissä vilahti vain hetken hieman hämmentynyt katse, hieman samaan tapaan kuin oman nimensä hetkeksi unohtaneella vanhuksella.

"Painotuotteet ovat kerroksessa viisi, hisseistä vasemmalle, massaspektrometrin ohi ja kulmauksesta oikealle. Ovi löytyy ennen padelhallia ja äänitysstudiota, poolokentän ja verstaan välissä."

Eeva katsoi häkeltyneenä ohjeet suoltanutta virkailijaa, joka asetti kuulokkeen takaisin korvalleen ja jatkoi hiljaista huojuntaansa kuin yksinäinen merivuokko.

"Mikä on poolokent... " aloitti Eevan viereen saapunut Filius.

"Kiitos", Eeva sanoi ja poimi pöydältä mukaansa kartan ja veti Filiuksen määrätietoisesti kohti hissejä.

"Nykyisin kirjastosta tehdään paljon muutakin kuin lainataan ja luetaan kirjoja", Eeva selitti tietävän oloisena.

Täällä kirjoja sentään vielä oli, Eeva ajatteli. Viereisessä pääkaupunkialueeseen kuuluvassa kaupungissa oli hiljattain rakennettu kirjasto, jonka sisäosa oli enimmäkseen golfkenttää ja koko rakennuksesta löytyi vain yksi teoshylly, joka sekin käsitteli omakotitalon rakennusta. Mielikuva sai Eevassa aikaan puistatuksen.

Kuljettuaan harhaan kolme kertaa ja löydettyään hiukkaskiihdyttimen ja uima-altaan lisäksi kattavan valikoiman lainattavia sähköautoja, he saapuivat viimein lehtiarkiston luokse. Viimein Eeva tunsi olevansa tutulla maaperällä. He kävelivät korkeiden, spiraaliksi kiertyvien ja kattoa puhkovien hyllyjen välissä.

"Naiset, ikääntyneet, harrastus... Nuoret, täälläpäin", Eeva viittoi Filiusta mukaansa.

He saapuivat korkealle kerroksen läpi kokoavalle hylylle.

"Tässä, Suosikit 1961–2012", Eeva luki hyllystä ja alkoi nousta hyllyn viertä kulkevia liikuteltavia tikkaita.

"Tässä, numerot 3 ja 4, 1998!", Eeva hihkaisi voitonriemuisena ja veti lehdet hyllystä.

Eeva kapusi takaisin lattialle lehdet mukanaan ja antoi vanhemman numeron Filiukselle. Eeva alkoi selata lehteä kiivaasti löytäen pian etsimänsä.

"Härkä 20.4–20.5. Elämässäsi puhaltaa nyt uusia tuulia. Ehkä olisi aika antaa uusi mahdollisuus jollekin, joka on pyrkinyt elämääsi jo pitkään? Jumalan lapsi lyö varpaansa kiveen ja varastaa ratsun. Varo vieraita", Eeva luki ääneen.

"Se oli kyllä kultainen koira. Ja minä vain *lainasin*", Eeva mumisi itsekseen. Ilmeisesti edes Virtanen-Korhonen ei ollut erehtymätön.

"Rapu 21.6–22.7. Perhettäsi repivät sisäiset erimielisyydet, vaikka kaikki näyttäisi olevan kunnossa. Saatat tempautua mukaan asioihin, joita et osannut odottaa. Vältä liikoja hiilihydraatteja", Filius luki ja katsoi Eeva kohottaen kulmiaan.

Eeva selasi ennustuksia yrittäen löytää joukosta jotain maailmanloppuun liittyvää. Viimein hänen silmänsä osuivat toisiksi viimeiseen kohtaan.

"Vaaka 23.9.–23.10. Huomaat, että taloutesi ei ole niin hyvässä kunnossa kuin kuvittelit. Antikristus käy manalan porteista maan päälle. Älä kuitenkaan huoli, sillä apua on tulossa yllättävältä taholta", Eeva seisahtui ja katsoi Filiusta innostuneena.

" Neitsyt 23.8.–22.9. Otat esiin peruskeinosi eli rehellisyyden, ja se onkin ainoa oikea tapa. Järki auttaa sinut myöhemmin pulasta. Nyt on oikea aika odottaa rauhassa ennen hätiköityjä johtopäätöksiä", Filius luki keskittyneesti. "Olit oikeassa, tämä *on* hyödyllistä", Jumalan poika totesi.

Eeva huokasi syvään. Hänen harmikseen mikään hänen helvetistä pyhäkoulussa oppimansa ei pitänyt paikkaansa, sillä Eeva oli omien arvelujensa mukaan elänyt kohtuullisen jumalatonta elämää – ainakin mitä iltarukouksiin ja yleiseen siveellisyyteen tuli – ja päätynyt silti taivaaseen. Niinpä hän päätteli, että sodomia ja julkinen rietastelu veisivät heidät korkeintaan putkaan. Jotain muuta oli siis keksittävä, jos he mielivät päästä helvettiin ja löytää Antikristuksen.

Eeva keskeytti Filiuksen nuorisolehden luvun ja tivasi, tiesikö tämä, miten he pääsisivät manalaan. Filiuksesta ei tosin ollut juurikaan hyötyä, sillä hänelle koko konsepti siitä, että taivaan lisäksi sijaan olisi mahdollista joutua ikuiseen kadotukseen, vaikutti olevan yhtä käsittämätön kuin Eevasta se, miten 5–0 johtotilanteessa vielä puoli tuntia ennen pelin loppua oleva ammattilaisten jääkiekkojoukkue voi lopulta hävitä koko ottelun yhdellä maalilla.

Filius oli ehdottanut aasin käyttämistä, mutta Eeva piti sitä liian riskialttiina. Entäpä jos kavioeläin osasi matkustaa vain taivaan ja maan välillä? Jos he joutuisivat takaisin taivaaseen, ei Eeva ollut varma, pääsisikö hän yksin takaisin maan pinnalle huomaamatta. Ja jos Filius ilmaantuisi maan pinnalle jo kolmannen kerran, olisi Eevan todella vaikeaa saada ratsastajia enää lykkäämään maailmanloppua.

Eeva päätteli, että he tarvitsivat apua. Niinpä Eeva alkoi suunnata kohti kaunokirjallisten teosten hyllyköitä. Muutaman väärän käännöksen jälkeen he saapuivat saliin, jota täplittivät hajanaiset matalat kirjahyllyt.

”Ota sinä Jumalainen näytelmä, minä aloitan Kalevalasta” Eeva alkoi jakaa käskyjä.

”Mitä me tarkkaan ottaen etsimme?” kysyi Filius.

”No tietä helvettiin tietysti”, Eeva sanoi etsien katseellaan mytologioita osoittavaa kirjahyllyjen osaa.

Muutaman tunnin kuluttua Eeva ja Filius olivat kolunneet kaikki merkittävät kirjalliset viittaukset helvettiin sekä kuunnelleet Eevan vastusteluista huolimatta kappaleen Highway to Hell kahdeksan kertaa Filiuksen säestäessä innokkaasti ilmakitaralla, joka Eevan hämmästykseksi tuntui hentoisesti *soivan*. Heillä ei kuitenkaan ollut vielä mitään kovin kouriintuntuvaa ehdotusta siitä, miten tuonelaan pääsisi.

Heidän tutkimuksensa mukaan tiet helvettiin vaikuttivat sisältävän usein jonkinlaisen luonnon elementin, kuten puun juuren, virran tai metsää - tosin Eeva huomautti, ettei sinänsä ehkä ollut ihmeellistä, että tuhat vuotta sitten kirjoitetussa kuvauksessa ovi helvettiin ei sijainnut läheisessä marketissa alennusmyyntien aikaan, mistä Eeva olisi itse ensimmäiseksi aloittanut etsinnät.

Muita paikkoja listattuna heidän keräämäänsä "tie helvettiin?" -listassa olivat alakoulun jumppasali, sukujuhlat ja Gomorra (Eeva oli ilmoittanut Pyhää Kirjaa selailleelle Filiukselle, että Sodoman mainitseminen helvetin yhteydessä ei vain enää kerta kaikkiaan ollut soveliasta). Eeva ja Filius istuivat lopulta lattialla uupuneina nojaillen istuinoletettujen huonekalujen kylkiin. Päivä oli ollut pitkä Eevan vatsa kurni taas. He olivat jo jonkin aikaa siten syöneet Eevan mummonsa juhlista taskuunsa nappaaman riisipiirakan, jonka Filius oli vaatinut saada siunata. Eeva oli silmäillyt Filiusta epäileväisenä, mutta ei ollut jaksanut alkaa väitellä asiasta. Tehtävä alkoi vaikuttaa toivottamalta. Vaikutti siltä, että heidän pitäisi lähteä samoilemaan metsään ja toivoa törmäävänsä helvetin porttiin tai edes ystävällismieliseen matkaoppaaseen.

Lähin metsäksi edes vaivoin kutsuttava luontoalue oli kuitenkin Espoossa asti ja sielläkin Eevan kokemuksen mukaan maisemaa halkoivat burnoutista toipuvien työnarkomaanien ja lapsilleen luontokokemuksia suorittavien vanhempien päättymättömät jonot. Vaikutti epätodennäköiseltä, että makkaranpaistopisteiden ja kuusien eri lajeista kertovien opastintaulujen väliin olisi upotettu portti helvettiin, vaikka ajatellessaan asiaa tarkemmin, Eeva arveli sellaisen voivan ehkä löytyä jostain alueen bajamajajoista helteiden aikaan.

"Kysytään profeetalta", Filius ehdotti ja otti mukanaan kantamansa lehden käteensä.

" Jousimies 23.11.–21.12. Saatat törmätä johonkin uuteen. Se ei ole uhka, mutta se vaatii sitten töitä", Filius nyökytteli hyväksyvästi Eevan huokaistessa syvään. " Jos eksyt, kartta kyllä ohjaa sinut perille. Kysy apua rohkeasti!"

Filius istui hetken mietteissään.

"Ehkä meidän pitäisi katsoa karttaa", hän pohti.

"Ei kukaan enää käytä karttoja", Eeva puuskahti. "Kaikki suunnistus tapahtuu nykyään internetin avulla", Eeva totesi toivoen, että Filius tyytyisi vastaukseen, eikä hän joutuisi selittämään tälle maailmanlaajuisen tietoverkon toimintaa.

"No kysytään sitten intter-netiltä", Filius sanoi ilahtuneesti ja nousi seisomaan.

Eeva könysi myös jaloilleen ja alkoi lampsia väsyneesti takaisin kohti aulaa. Hänellä ei ollut parempiakaan ideoita.

Eeva inhosi internettiä. Tai siinä määrin kuin nyt kukaan kaupungissa asuva ja tietotyötä tekevä ihminen voi sitä inhota. Eeva oli alkanut viimeisinä maassa viettäminään viikkoina suhtautua älylaitteisiin pitkälti samaan tapaan kuin kissa kylpyveteen: Periaatteessa se oli toki yleisesti tarpeellista, mutta henkilökohtaisesti siitä kannatti pysyä niin kaukana kuin mahdollista. Kyse ei toki ollut siitä, ettei internetin meemitulva ja tiktok-videot olisivat olleet Eevan mielestä viihdyttäviä. Ongelma oli päinvastainen. Liian usein Eeva oli huomannut tuijottaneensa kännykkänsä vaihtuvaa huumorivideoiden virtaa neljä tuntia aiotun kymmenen minuutin sijaan. Lopputulos ei myöskään ikinä ollut virkistynyt tai rentoutunut olo, vaan puhelimen selailua seurasi useimmiten epämiellyttävä olotila, jonka Eeva sai yleensä syötyään lounaaksi pussillisen karkkeja. Lopulta hän oli saanut tarpeekseen ja katsottuaan taas yhden opettavaisen videon älylaitteiden haitallisesta vaikutuksesta aivoihin poistanut kaikki sosiaalisen median sovelluksen puhelimeltaan – vain ladatakseen ne seuraavana päivänä takaisin. Vaikka taivaassa oli toki ollut omat puutteensa, oli Eevan myönnettävä, että matkapuhelinverkon puuttuminen oli kieltämättä ollut plussaa.

Vesipuiston ja – ihme kyllä – oikean lukusalin läpi harhailtuaan Eeva ja Filius viimein pääsivät takaisin aulaan. Pöydän takana näkymättömässä tuulessa huojuvan ihmiskasvin oli korvannut vaalea kiharapäinen hujoppi, jonka Eeva arveli suhteellisen hyvällä todennäköisyydellä miessukupuolen edustajaksi lähinnä siksi, että nuorukaisen pleksisen pöydän takaa näkyvät kireät valkoiset tekokuitulegginsit voisi Eevan arvioiden mukaan todennäköisesti jättää riisumatta urologin tarkastuksessa.

Valkosäärinen mies hymyili nyökytellen päätään terävästi kuin hiljaisen hikan kourissa. Tiskin toisella puolella nuorukaiselle puhui keski-ikäinen, isoon harmaaseen trenssiin pukeutunut nainen, joka oli ilmeisesti palauttamassa lainaamaansa sähköpotkulautaa hyvin seikkaperäisen ajomatkaansa koskevan selostuksen kera. Eeva oli juuri tullut tulokseen, ettei mies ollut ainakaan juutalainen, kun nainen sai asiansa päätökseen ja Filius marssi tiskille.

Pian Eeva ja Filius seisoivat kirjaston aulassa katselemassa kiiltävää mustaa kosketusnäyttöä. He olivat saaneet puhelimen lainaksi Eevan mielestä jopa epäilyttävän helposti. Tiskillä oli käynyt ilmi, ettei pääkaupungin kirjaston tietojärjestelmä kyennyt luomaan asiakastiliä henkilölle, jolla ei ollut mukanaan henkilöllisyystodistusta ja joka ilmoitti syntymävuodekseen nolla. Virkailija oli vaikuttanut aluksi epäuskoiselta Filiuksen syntymäaikaa kohtaan, mutta oli pian Eevan vihjailleen tämän syyllistyvän ikäolettamisperusteiseen syrjintään päätynyt pahoitteluiden kera antamaan heille puhelimen ilman lomakkeiden täyttämistä. Eeva oli tästä rohkaistuneena uskaltautunut kysymään, josko hän voisi samalla uusia eräitä teoksia, mutta virkailija oli vain hymyillyt ja antanut hänelle kirjaston nettisivujen osoitteen. Eeva tiesi, ettei kykenisi muistamaan kirjastokorttinsa salasanaa, saati numeroa, joten hän oli joutunut poistumaan tiskiltä pettyneenä Filiuksen silitellessä haltioituneena mustaa ruutua. Eeva oli varma, että yksi orkidean täplistä katsoi häntä vahingoniloisesti asemapaikastaan Filiuksen toogan laskoksista.

"Noh, yrittänyttä ei laiteta" Eeva sanoi samalla kun näytti Filiukselle, mistä kämmenen kokoisen tietokoneen sai välähtämään henkiin.

"Laiteta minne?" Filius kysyi samalla kun Eeva painoi puhelimen mikrofoninäppäintä ja artikuloi selkeästi "Etsi Helvetti".

Kolme nousevaa ja laskevaa pistettä puhelimen näytöllä ilmoittivat koneen miettivän sopivaa vastausta, jonka Eeva uumoili olevan yhtä hyödytön kuin heidän kirjakatsauksensa.

Sitten puhelimen karttasovellus ponnahti näytölle ja elektroninen ääni kertoi pingahduksen saattelemana löytäneensä reitin kohteeseen Inferno. Eeva ja Filius katsoivat toisiaan hämmentyneinä. Eeva katsoin epäillen Filiuksen ottaessa puhelimen innokkaisiin käsiinsä ja lähtiessä ripeästi karttasovelluksen viitoittamaan suuntaan viuhtoen malttamattomana toisella kädellään Eevaa mukaansa.

"Tule, mennään jo! Intter-neti vie meidät helvettiin!" Eeva seurasi innokkaana korttelien lomitse puikkelehtivaa Filiusta, kunnes he saapuivat helvetin portille.

Joskin portti oli ehkä hieman liian suureellinen kuvaus kulahtaneesta ovesta, jonka yläpuolella luki himmeästi loistavassa valokyltissä "Inferno". Eevan olkapäät lysähtivät alkujaankin melko epäilevän toiveikkuuden muuttuessa pettymykseksi. Filius tarttui oveen, jossa roikkuvat kyltit "Olemme AVOINNA" sekä "Tassukaverit tervetulleita!".

"Filius, tämä on *ravintola*" Eeva sihisi yrittäen turhaan pysäyttää Filiusta, joka asteli sisään.

Infernon sisustus koostui pehmeän punaisista plyysituoleista ja etäisesti ruotsinlaivan mieleen tuovasta punertavasta kokolattiamatosta. Punaisista lampunvarjostimista roikkui hapsuja, jotka toivat Eevan mieleen hänen eräissä charleston -teemabileissä käyttämänsä hameen, mutta hän pyyhki mielikuvan nopeasti mielestään. Nyt ei ollut aika alkaa muistella menneitä hetkiä, jolloin hän oli voinut tuntea ainakin yhden kermalikööripullon ajan olevansa huoleton.

Ruokasali oli täysin autio lukuun ottamatta sivummalla baaritiskin takana seisoskelevaa piikkitukkaista nuorukaista, joka loi heihin väsyneen katseen ja kääntyi sitten takaisin kännykkänsä puoleen. Eeva nieleskeli nolostustaan, kun Filius käveli epäröimättä nuoren, kajalilla silmänsä meikanneen miehen luokse ja kysyi, voisivatko he kenties tavata Antikristuksen, jos vain sopii. Nuorukainen tuijotti hetken Filiusta ja osoitti flegmaattisuutta taidokkaasti ilmentävällä käsiliikkeellä baaritiskillä olevaa kylttiä, ennen kuin palasi taas puhelimensa pauloihin. Kyltissä luki punaisin kirjaimin ”Haluatko juhliisi Manalan Ruhtinaan? Meiltä onnistuu myös Pahuksen hyvät ruuat! Soita ja kysy tarjouksemme!”.

”Mitä haluaisit, että soittaisin?”, Filius kysyi piikkitukkaiselta tarjoilijaoletetulta.

Nuorukainen nosti hitaasti katseensa Jumalan poikaan.

”Kitara onnistuisi kyllä. Osaan toki alkeet harpustakin, mutta en ole siinä vielä kovin hyvä”, messias jatkoi.

Nuorukainen tuijotti Filiusta hetken ja laski sitten hitaasti katseensa takaisin puhelimeensa.

”Lähdetään, ei tämä ole oikea paikka.” Eeva yritti suostutella velipuoltaan.

”Katsellaan vähän ympärilleen. En ole koskaan ollut helvetissä”, Filius kuiskasi Eevalle ja lähti astelemaan ruokasalia kohti.

Pian Filiuksen huomio kiinnittyi salin nurkassa näkyviin, alaspäin vieviin rautaisiin kierreportaisiin ja tämä viittoili Eevan innostuneena mukaansa. Eeva seurasi Filiusta vastentahtoisesti ja vilkuili hermostuneesti tiskin takana seisovaa tarjoilijaoletettua, joka onneksi vaikutti jo käyttäneen sekä kaiken kiinnostuksensa että asiakaspalveluhenkisyytensä sen päivän osalta.

Filius laskeutui epäröimättä portaita alas Eevan seuratessa vaivaantuneena perästä. Portaiden juurella Eeva lähes törmäsi äkisti pysähtyneeseen Filiukseen. He olivat saapuneet lyhyeen ja kapeaan käytävään, jonka oikealla puolella oli kolhiintunut ovi, johon oli tussattu kuluneet kirjaimet W ja C. Filius seisoi Eevan edellä tuijottaen käytävän vastakkaista seinää. Eeva painautui Filiuksen viereen ja huomasi, että seinästä erottui heikosti oven ääriviivat, sekä kulunut kyltti, jossa luki "Henkilökunta". Oven yläpuolelle oli maalattu hieman maanisen oloisella kaunokirjoituksella "Live, Laugh, Love". Eevan läpi kulki hienoinen puistatus ja hän oli juuri alkamassa nykiä Filiusta takaisin portaisiin, kun hänen silmänsä osuivat epätoivoisen positiivisen mietelauseen alla oleviin heikkoihin kohoumiin seinässä oven yläpuolella. Vaikutti siltä, että oven yläpuolella oli ennen ollut kohopainettua tekstiä, jonka joku oli yrittänyt peittää maalikerroksella. Eeva seurasi silmillään haalistuneita kirjaimia. Oven yläpuolella oli selvästi aiemmin lukenut "Ken tästä käy, saa kaiken toivon heittää".

He olivat perillä.

Gargoili katseli itseään peilistä ja hyräili erästä varsin tarttuvaa lastenlaulua, jonka oli kehitellyt eräs helvetin viimeaikainen tulokas (jostain syystä lastenlaulujen säveltäjiä saapui helvettiin lähes yhtä usein kuin mainosalan ihmisiä).

"Harjaa, harjaa aina vaan, hampaita se vahvistaa", jatkoi gargoili rallatustaan ja kaivoi piikivestä tehdystä hammasmukista, johon oli kaiverrettu nimi "Oili", pienen, ydinräjähdyksestä selvinneen näköisen pulloharjan, ja työnsi sen suuhunsa saaden aikaan epävireisiä "pling"-ääniä.

"Hyhhä au, hyhhä au, hälleen auhti häällä", betonipatsas vaihtoi rallatustaan samalla kun tempoi viimeisistä harjaksistaan epätoivoisesti kamppailevaa harjaa suussaan.

Oili nykäisi pulloharjan suustaan kovan "twang" -äänen saattelemana ja ehti juuri väistää lentäviä lasinsiruja, kun hänen suustaan pongahtanut rautalangan pää iskeytyi peiliin. Gargoili ei hätkähtänyt, vaan jatkoi hyräilyään ja nosti lavuaarin vieressä olevasta isosta pahvilaatikosta, jota koristivat keltaiset, ylösalaisin olevat "Särkyvää" ja "Tämä puoli ylöspäin" -tarrat, esiin uuden peilin, ja asetti sen nojalleen lavuaarin yläpuolella olevalle kapealle hyllylle, missä edellinen kovaonninen peili oli sijainnut. Oili oli luonteeltaan hyvin sopeutuvainen, mikä oli alamaailman palvelijoille erittäin hyödyllinen taito.

Saatuaan uuden peilin paikoilleen ja potkiskeltuaan suurimpia lasinsiruja kohti nurkkaa gargoili virnisti vielä kerran peilikuvalleen ja hengitti syvään tuonelan aktiivihiilisuodatettua ilmaa. Uudelleenbrändäyksen myötä helvetissä ei enää tuoksunut rikki, vaan hento ilmanraikastin. Oili nuuhkaisi ilmaa vielä kerran. Ilmassa leijui selvästi vieno (rentouttava ja stressiä poistava) palaneen laventelin tuoksu, joten tänään täytyi olla keskiviikko. Oili työnsi kylpyhuoneen oven auki ja astui käytävään. Hän oli niitä harvoja helvetin asukkaita, jotka olivat olleet paikalla jo helvetin perustamisesta lähtien. Vaikka Oili ei ollut pahemmin nostalgiaan taipuvainen, saivat erityisesti sunnuntait, jolloin saatanan pestaaman homepaattisen hyvinvointikonsultin suunnittelema "kokonaisvaltaista hyvinvointia lisäävä päivätuoksuohjelma" päättyi patsuliin (jonka oli tarkoitus olla ihoa hoitava ja tunnelmaa kohottava aromi, mutta joka tuoksui Oilin mielestä lähinnä kissanhiekkalaatikon siivoamiseen käytetyn pölynimurin pussilta), Oilin muistelemaan lämmöllä manalan alkuaikoja. Helvetin perustamisen syynä oli aikoinaan ollut Jumalan isällinen rakkaus, (joka tosin vaikutti olevan ehdottomasti enemmän vanhanajan "kerran vuodessa vilkaisu todistukseen ja hyväksyvä taputus ikäluokasta riippuen päälaelle tai selkään" -isällistä rakkautta, kuin nykyistä modernia isänrakkautta, johon kuului läksyjen kuulustelu iltaisin ja mokkapalojen leipominen myyjäisiin). Vanhempainvaistonsa puutteellisuudesta huolimatta Jumala oli kuitenkin ilmeisesti ollut jollain tapaa tietoinen siitä, että isyyteen kuului edes jonkinlainen kasvatusvelvoite. Tyypillisen jumalaisen käsityksen mukaan ihmisten kasvatuksen yksi olennainen osa olivat erilaiset säännöt, joiden tarkoituksena oli paimentaa tuota kymmensormisten lampaiden laumaa suuntaan, joka sisälsi enemmän viljavia laitumia ja vähemmän, sanotaan nyt vaikka ydinsotia – joskin epäilevät äänenpainot saattaisivat huomauttaa, että jumalten halu pitää ihmiskunta edes jollain tavoin olemassa johtui varsinaisen kiintymyssuhteen sijaan enneminkin siitä, että koko ihmislajin uudelleenluominen olisi vienyt huomattavasti aikaa muilta jumalallisilta aktiviteeteilta, kuten seurapeleiltä. Niinpä hoitaakseen kasvatukselliset velvoitteensa, Jumala oli perustanut taivaalliset kaitselmusjoukot, joiden saatanaksi nimettyyn johtajan virkaan hän oli nimittänyt arkkienkeli Luciuksen.

Lucius oli vaikuttanut harvinaisen sopivalta tehtävään, sillä hän oli jopa arkkienkeliksi harvinaisen pedantti. Huhujen mukaan Lucius oli muinoin ollut maailman ensimmäinen kirjanpitäjä, joka oli joutunut taivaaseen alkuvoimaisen räjähdyksen seurauksena. Kaikkein villeimpien tarinoiden mukaan räjähdys oli johtunut siitä, että tuleva enkeli oli toiminut erään hieman hämärän yrityksen palkkalistoilla ja pakottanut lopulta pelkällä sisuuntuneella tahdonvoimallaan erään kovapäisen yhtälön jakautumaan nollalla saadakseen taseen täsmäämään. Räjähdys oli tehnyt reiän aika-avaruuden kudokseen, jonka kautta kirjanpitäjä oli päätynyt taivaaseen enkelinä tavallisen sielun sijaan. Oli niin tai näin, Luciuksen rakkaus täsmällisyyttä ja järjestystä kohtaan oli ylittänyt Jumalan sietokyvyn kuitenkin hyvin nopeasti siinä vaiheessa, kun tämä oli järjestellyt kaikki Jumalan varsin tarkkaan sotkemat korttipakat numerojärjestykseen erään hyvin merkittävän Bridgepelin alla. Enkelin lähettäminen taivaallisten kuripitojoukkojen johtajaksi ratkaisi siten kaksi Jumalaa vaivannutta ongelmaa yhdellä kertaa.

Lucius oli huolellisesti paneutunut työhönsä ja aloittanut helposta. Ihmisille jaettiin muutama olennainen käsky - älä tapa, älä varasta, ja niin edelleen. Luciuksen suureksi pettymykseksi hän oli huomannut pian, että ihmiset olivat luonnostaan varsin huonoja noudattamaan edes kaikkein yksinkertaisimpia ohjeita. Hänen varsin selkeistä ohjeistaan huolimatta, maassa tapahtui edelleen murhia, väkivaltaa ja varkauksia. Petturuus ahneus ja epäoikeudenmukaisuus vaikuttivat versovan joka kulmalla. Ja mikä pahinta, ihmiset olivat myös pohjattoman *epätäsmällisiä*. Luciuksen silmäkulma oli alkanut hienovaraisesti nykiä.

"Sääntöjä!" hän huusi usein ravaten pitkin taivaallisen kaitselmustoimiston käytäviä. "Sääntöjä on noudatettava!".

Mutta Lucius ei luovuttanut helpolla. Ensin hän oli ajatellut helpottaa ihmisten elämää lisäämällä sääntöjen määrää. Ehkä muutamat keskeiset säännöt pääsivät unohtumaan, koska sääntöjen noudattamiseen ei oltu totuttu, hän päätteli. Ihmiset vaikuttivat olevan pohjiltaan laiskoja ja tyydytyksenhaluisia, joten Lucius lisäsi uuden hieman yksityiskohtaisemman säännön: "Wain ycsi päeiwä wiikossa pitää sinun lepäämän" luulisi olevan tarpeeksi helppo noudattaa. Tai ehkä ihmisten pahantahtoisuuden syynä olivat vatsavaivat, enkeli tuumi. "Lihaa maidon kanssa ei pidä tarjoiltawan" olisi varmasti hyvä lisä, kaikkihan tiesivät, miten ikävälle tuulelle ummetus sai kunnon kansalaisenkin. Tätä seurasi "Katkarawut ja muut mereneläwät pitää sinun lautaselle jättämän, mikäli pyydystämisajasta on culunut yli maan cierto tahi ilman lämpötila saa mehiläiset tuulettamaan pesäänsä", mikä oli Lucin mielestä myös sangen hyvä nyrkkisääntö, sillä ruokamyrkytyksestä kärsiminen verotti ihmisten tehokasta työaikaa. "Jalcowälin ulokkeita ei sinun pidä työntämän reikiin, joista ulosteet tulevat, ilman huolellista pesua jälkeenpäin, sillä pissatulehdus on icäwä waiwa", oli yksi kaitselmustoimiston seuraavista, optimaalisen terveyden tavoitteluun tähtäävistä ohjeista.

Taivaallisen kaitselmustoimiston johtaja kuitenkin huomasi pian, että ihmiset tuppasivat muuttamaan sääntöjä parhaaksi katsomallaan tavalla, joka poikkeuksetta vaikutti johtavan yhä huonompaan tilanteeseen. Kaikista Luciuksen ohjeista huolimatta ihmiset olivat edelleen suurin joukoin onnettomia ja ilkeitä toisilleen. Itse asiassa vaikutti siltä, että ihmiset olivat sitä onnettomampia ja ilkeämpiä, mitä enemmän sääntöjä heille laati. Ihmiset vaikuttivat olevan täysin kykenemättömiä ymmärtämään Luciuksen hyviä tarkoituksia sääntöjen takana ja he alkoivat sen sijaan tapella keskenään sääntöjen oikeaoppisesta noudattamisesta. Ylimmän kaitselmustoimiston johtajan kädet alkoivat täristä. Jos ihmisten oma älykkyys ei riittänyt seuraamaan ohjeita porkkanan toivossa, olisi aika kaivaa esiin keppi.

Niinpä ylin kaitselmusvirasto uudelleenbrändättiin manalan ensimmäisessä organisaatiouudistuksessa helvetiksi. Jumala oli kohottanut kysyvästi kulmiaan, kun Lucius vaati uudelleensisustaa maan alle perustetun toimistonsa rikin tuoksuilla ja varsin suurella määrällä tulipesiä, mutta oli lopulta taipunut aavistuksen maanisen oloisen enkelin vakuutteluihin siitä, että inferno olisi vain tehokas pelote, joka lopulta saisi ihmiset elämään kuuliaista ja onnellista elämää. Ja koska Jumalan grungebändi "The Gods" oli juuri perustettu, oli Jumalan mielenkiinto maalisten asioiden hoitoa kohtaan tavanomaistakin vähäisempää, ja niin hän antoi Luciukselle vapaat kädet. Lopulta sen jälkeen kun Jumalan bändi oli hajonnut taiteellisten, erästä korttipelin lopputulosta koskevien erimielisyyksien vuoksi, oli Jumala muistanut taas tarkistaa taivaallisen kasvatuslaitoksensa tilan – joskin joidenkin arvailujen mukaan hänen kiinnostuksensa helvettiä kohtaan ei juontunut niinkään isällisestä kiinnostuksesta kuin tarpeesta hankkia helvetistä (syystä tai toisesta) suurin määrin löytyviä immateriaalijuristeja setvimään oikeuskiistaa, joka oli syntynyt kun Jalavira oli lähtenyt bändistä perustaakseen soolouran nimellä "The God". Oili oli itse ollut tuolloin vahtivuorossa erään barokkityylisen kirkon katolla, mutta hän oli jälkeenpäin kuullut, että Jumala oli havainnut Luciuksen ilmeisesti saaneen lopulta jonkinlaisen hermoromahduksen. Episodia oli seurannut kiivas sananvaihto nyrjähtäneen arkkienkelin ja Jumalan välillä. Sanaharkkaan olivat kuuluneet muun muassa huudot "säännöt ovat heidän omaksi parhaakseen" "totta kai rakkaus on pyyteetöntä, heidän tulisi noudattaa sääntöjä pyytämättäkin!", ja lopulta jumala oli määrännyt manalan suu vaahdossa tärisevän johtajan pakkolomalle, ja helvetti oli jäänyt pääosin pyörimään pikkkupirujen ja demonien voimin.

Oili huokaisi ja pyyhkäisi pölyä hieman rikin syövyttämästä pinssistään, missä luki " Results-Driven Community-Client Executive Lead Associate Director". Oili ei oikein koskaan ollut tottunut uuteen nimikkeeseensä, mutta piti pinssiä silti kuuliaisesi rinnassaan. Luciuksen palattua töihin oli helvetti nimittäin brändätty uudelleen "asiakaslähtöiseksi", jonka tarkoitus oli Luciuksen rekrytoiman konsultin mukaan tehdä "synergistinen paradigmanmuutos innovatiivisella disruptiivisuudella, joka optimoi strategisen visioiden katalyysina toimivan brändimme elinkelpoisuuden ja tuottavuuden uudella tasolla". Myös Oili oli kuulaisesti osallistunut kaikille helvetin asukeille järjestettyyn luentoon.

"Koulunpenkki on meille kaikille tuttu asia. Me olemme istuneet koulunpenkillä vuosia, oppineet ja kasvaneet" oli muutoskonsultti aloittanut. "Mutta mikä on penkki? Penkkihän on sellainen pitkä istuin, joka jaetaan muiden kanssa. Kun kehitän suuria asiantuntijaorganisaatioita, mietin aina, että jakkarallahan tässä kaikki istuvat, mitä ihmettä. Miten istuminen vaikuttaa meidän kaikkien terveyteen, miksi me kaikki olemme paikallaan? Afrikassa asuvalle Masai-kansalle ikä on osoitus kokemuksesta. Maasaikylät ovat pyöreitä. Kylän keskellä on suuri karja-aitaus, sen ympärillä kehällä sijaitsevat asumukset, ja asumusten ulkopuolella on vielä toinen aita suojaamassa pedoilta ja tunkeutujilta. Missä meidän yhteisön aita kulkee, kuka jää sinne ulkopuolelle ja kuka on istumassa penkillä sisällä? Entä jos me kaikki laajennettaisiin sitä aitaa ja laitettaisiinkin ne penkit sille ulkopuolelle? Miten me saataisiin meidän koko potentiaali käyttöön?" oli kouluttaja paasannut lähetyssaarnaajan innolla Luciuksen istuessa keskittyneesti seuraamassa eturivissä.

Oili oli nyökytellyt ja yrittänyt tehdä muistiinpanoja tukeakseen johtajansa uusinta innostusta. He olivat jopa kahvihuoneessa erään" Platform Growth Hacking Networker"ksi nimetyn vähäisemmän pikkupirun kanssa miettineet, pitäisikö heidän järjestää kahvihuoneensa tuolit uudelleen, mutta eivät olleet päässeet yhteisymmärrykseen siitä, tulisiko tuolit sijoittaa ympyrään vai kenties poistaa kokonaan.

Oili saapui kahviautomaatille, ja työnsi viereisestä telineestä nappaamansa mukin ruskeaa tuoksuvaa nestettä liruttavan suuttimen alle. Kuten aiemmissa uudistuksissa oli Luciuksen muutosinnostus kestänyt hyvin rajallisen määrän ja helvetti pyöri taas tuttuun tapaan pitkälti ilman sen johtajan panostusta (tai häiritsemistä, miten asian nyt halusi ajatella). Oili oli juuri painamassa kahvikoneen painiketta toisen kerran, kun hän kuuli ovikellon soivan. Oili höristi uteliaana korviaan ja lähti hyppelehtimään kohti sisäänkäyntiä. Helvettiin saapui vierailijoita tasaiseen tahtiin, mutta hänen muistikuviensa mukaan mainostoimistoliiton vuosittainen vierailu oli aikataulutettu vasta ensikuulle. "Toivottavasti ei ainakaan uusi huonetuoksutoimitus", Oili ajatteli irvistäen ja työnsi aulatiloja kohti johtavan oven auki.

Eeva pomppi yhdellä jalalla pää vinossa ja törmäsi seinään. Heidän astuttuaan ovesta sisään he olivat huomanneet olevansa suuressa kirkkaan valkoisessa huoneessa - tai ainakin Eeva oli olettanut kyseessä olevan huone, vaikkei hän ollut pystynyt näkemään sen kattoa. Eeva oli huomannut huoneen vastakkaisella seinustalla valkoisesta kiiltävästä muovista valmistetun, seinään kiinnitetyn puhelimen ja nostanut luurin korvalleen. Hän oli kuullut ensin heikkoa rapinaa ja sitten humahduksen, kun hänen korvaansa oli luurista kiivennyt selkärangaton, joka lauloi nyt päättymättömänä toistona hänen nuoruudessaan suositun bändin "the Spamin" Fast Christmas-kappaleen kertosäettä. Hän oli yrittänyt ravistaa matoa ulos ja oli jopa epätoivoissaan pyytänyt Filiusta laulamaan hänen korvaansa ave mariaa, jotta hänen korvaansa pesiytynyt rikkinäinen jukeboksi olisi edes vaihtanut kappaletta, mutta turhaan.

"Voi helv... ", Eeva alkoi kirota tuttuun tapaan pidellen päätään, kun valkoiseen seinään avautui yhtäkkiä täysin äänettömästi ovi. Eeva ja Filius tuijottivat yllättyneinä, kun oven taakse avautuvasta käytävästä löntysti huoneeseen sarvekas, seinään törmännyttä villisikaa muistuttava otus.

"Tervetuloa Helvettiin, kuinka voin auttaa?", gargoili lausui paljastaen irvistyksen, jota voisi ehkä kutsua hymyksi, jos termin merkitystä venyttäisi aivan äärimmilleen.

Eeva ja Filius tuijottivat olentoa. Eeva oli juuri avaamassa suutaan, kun hänen takaansa kuului voimakas poks. Eeva kääntyi katsomaan ja näki selkärepun kokoisen karhukaisen kiipeävän laiskiaisen tavoin alan Filiuksen selästä. Valkoinen paperipussi laskeutui kynnet rapisten lattialle ja kipitti suoraan gargoilin juureen ja painoi kuononsa tämän vatsaa vasten tuhisten hyväksyvästi. Gargoili rapsutti karhukaisen päätä.

"Tuota, me etsimme Antikristusta", sai Eeva sanottua.

Gargoili kallisti hieman päätään mietteliäästi ja sitten kohautti hartioitaan.

"On parashta, että vien teidät Luschin luokse" gargoili sanoi ja löntysti Eevan ja Filiuksen luo.

"Mitä se sanoi?", Eeva kuiskasi Filiukselle ja raapi korvaansa.

"Ah, Sche johtuu näishtä hampaischta", gargoili selitti ja alkoi käydä suunsa sisäistä kamppailua suustaan esiin pistävän metallilangan kanssa.

"Hammasraudat. Työsuhde-etuja", gargoili ilmoitti virnistäen voitettuaan kamppailun.

"Sanokaa kavereiden kesken ihan vaan Oili", gargoili esittäytyi ja tarjosi kättään.

Eeva hymyili epävarmasti ja puristi gargoilin kättä.

"Korvamato on itse asiassa jo melko vanha keksintö, mutta on harvoja vistauks... tai siis *kaitselmuksia*, jotka ovat pitäneet pintansa vuosien läpi", Oili sanoi tuttavallisesti Eevalle. " musiikki parantaa ihmisten kognitiivista suorituskykyä", Oli siteerasi helvetin hyvinvointikonsulttia. "Mutta älä huoli, se käy kyllä itsestään päiväunille ennen pitkää", gargoili lohdutti Eevaa.

Eeva oli juuri kysymäisillään *kuinka* pitkään ennen pitkää tarkalleen ottaen olisi, kun musiikki yhtäkkiä lakkasi ja vaihtui heikoksi kuorsaukseksi. Eevan olkapäät laskeutuivat huojentuneen huokauksen saattelemana ja Oili nyökytteli tyytyväisenä päätään.

"Seuratkaa minua." kivisen apinan ja bulldogin risteytykseltä näyttävä otus lausui iloisena.

Gargoili johdatti seurueen kohti käytävää, josta tämä oli ilmaantunut hetki sitten. Eeva ja Filius astuivat ovesta nopeasti laajenevaan käytävään karhukaisen kipittäessä heidän perässään.

"Tämä on meidän tuotekehittelyosastomme", gargoili opasti johdattaen seuruetta syvemmälle helvettiin.

Eeva katseli ympärilleen. He kulkivat pitkin risteileviä käytäviä, joiden verkostoa täplittivät ajoittaiset aulatilat. He ohittivat suuria, salimaisia huoneita, sekä pieniä, vieri viereen ahdettuja siivouskomeroa muistuttavia tiloja.

"Mitä täällä oikein … kehitellään?", Eeva kysyi varovasti.

"Vitsauksia", Oili vastasi reippaasti johdattaen heidät taas uuteen käytävään.

"Tai oikeastaan nykyisin meidän pitäisi kutsua niitä *opetuksiksi*. Se liittyy jotenkin viimeisimpään uudelleenbrändäykseen", Olisi selitti joukon edessä viittoen heidät ohi rivistön lasiseinäisiä suuria huoneita.

"Opetuksiksi?", Eeva kysyi.

"Antakaa kun näytän!", gargoili tokaisi innokkaana ja ohjasi heidät risteävää käytävää pitkin suureen halliin, jonka keskelle oli asetettu pieni puinen pöytä.

Karhukainen kipitti kynnet rapisten nuuhkimaan pöytää gargoilin klonkatessa perässä. Eeva seurasi hieman epäröiden Filius vanavedessään. Heidän saavuttuaan pöydän ääreen he huomasivat, että sen päällä surisi hiljaa pieni sininen kuutio.

"Wifi-yhteyden hidastaja. Yksi suurimmista keksinnöistämme ennen sosiaalista mediaa", gargoili kuiskasi kunnioittavasti. "Tulkaa!", gargoili viittoi heitä innostuneena kohti huoneen toisella seinällä aukeavaa ovea.

He astuivat uuteen, hämärään käytävään, jonka lämmintä ja hämyistä ilmaa rikkoi vaimea siritys. Gargoili johdatti joukon suurten puisten ovien ääreen ja työnsi ne auki hartioillaan. Eeva ja Filius seisoivat ovella ja katselivat valtavaa hallia, joka oli pinottu täyteen lattiasta kattoon ulottuvia torneja pieniä laatikoita, joista kului hentoa rapinaa ja siritystä.

"Heinäsirkkoja", selitti Oili. "Yksi ensimmäisiämme, ja edelleen käyttökelpoinen joissain päin maailmaa."

Gargoili huokasi syvään ja katseli hetken sirisevää ja rapisevaa laatikoiden luolastoa.

"Ennen aikaan kehiteltiin vielä kunnollisia vitsauksia, nykyisin lähes kaikki liittyy elektroniikkaan", huokaisi Oili ja pudisteli päätään.

Eevaa rapisevat laatikot puistattivat, ja tämä peruutti nopeasti takaisiin käytävään. Hän ei varsinaisesti pitänyt ötököistä, joskaan heinäsirkat eivät olleen kaikista pahimpia. Ne sentään näyttivät kunnollisilta nilviäisiltä, niin kuin Eevan mielestä kuuluikin. Jopa torakat olivat Eevan mielestä siedettäviä kiiltävine kuorineen ja puuttuvine myrkkyhampaineen. Hämähäkkejä Eeva ei sen sijaan voinut sietää. Kahdeksan jalkaa hän vielä pystyi ymmärtämään, mutta oli kerta kaikkiaan hänen käsityskykynsä ulkopuolella, mitä yksikään eläin teki neljällä silmäparilla. Ja osa otuksista oli vielä *karvaisia*. Aivan kuin Jumala olisi ajatellut hieman hyvitellä sitä, että tuli antaneeksi sormenpään kokoisille, kulkuväylille seittejään kutoville otuksille myrkyn, joilla pystyi tappamaan harmaakarhun. Eevan mielestä kertoi varsin hyvin Jumalan tilannetajusta, että hän saattoi kuvitella myrkkyä sylkevän kahdeksanjalkaisen ja -silmäisen gerbiilinkokoisen niveljalkaisen olevan ihmisten mielestä söpö vain siksi, että sillä oli karvainen turkki.

Eevan helpotukseksi he jatkoivat pian kulkuaan eteenpäin. He astuivat pian suureen huoneeseen, josta hyökyi koneellinen humina. Eeva huomasi heidän seisovan suuressa salissa, jota halkoi valtava suuren mustan laatikon läpi kulkeva liukuhihna. He kävelivät gargoilin johdattamana huoneen poikki. Eeva katseli mennessään liukuhihnaa lähempää. Mustaa mattoa pitkin eteni tasaiseen tahtiin Eevan usb-porteiksi tunnistamien metallisten kappaleiden virta.

"Tiedättekö, kuinka pitkään meillä meni kehittäessä tuo neliulotteinen transfiguraalikääntäjä?" Oili kysyi seurueelta heidän astuessaan huminan täyttämästä huoneesta taas yhteen käytävään.

"Trans-, mikä?" Filius kysyi yrittäen peittää hämmennyksensä.

"Se siirtää jokainen usb-portin hetkeksi avaruuden neljänteen ulottuvuuteen aina, kun siihen yritetään yhdistää jotain. Sen toiminnon pystyy ainoastaan ohittamaan yrittämällä ensin syöttää asia porttiin *väärin päin*", Oili totesi ylpeyttä äänessään.

Filius nyökytteli päätään hitaasti yrittäen löytää gargoilin selityksestä edes yhtä substantiivia, jonka merkityksen olisi tiennyt. Eeva puolestaan tunsi sekä ärtymystä että vaikuttuneisuutta. Maanpäällinen elämä alkoi vaikuttaa yhtäkkiä paljon järkeenkäyvemmältä.

"Voinko kysyä jotain?" tokaisi Eeva gargoilille heidän talsittuaan jo melkoinen tovi erilaisten ihmiskunnan vitsausten keskellä.

Suurimassa osassa huoneista oli ollut vain yksi laatikko, joka hurisi, värähteli tai välkkyi hitaasti erittäen milloin kosmista värähtelyä tai magneettista vetoa. Gargoilin selityksen mukaan laitteet vaikuttivat ilmastoinnin säätöihin, siirsivät avaimet sattumanvaraiseen paikkaan kymmenen metrin säteellä siitä, mihin ne oli viimeksi laskenut tai saivat ajan virtauksen jokaisen poimitun avokadon kohdalla ensin patoutumaan lähes pysähdyksiin ja sitten purkautumaan yllättäen aiheuttaen vihanneksen kypsymisen raa'asta mätänemispisteeseen noin sekunnin kolmasosan aikana. He olivat jopa ohittaneet huoneen, jonka keskellä huriseva laatikko eritti Oilin mukaan infrapunaääntä, joka sai kaikki alle kymmenvuotiaat lapset tuntemaan pissahätää välittömästi talvihaalarin päälle pukemisen jälkeen.

"Tuota, missä kaikki muut ovat?", Eeva jatkoi gargoilin pysähdyttyä ja luotua Eevalle mahdollisesti ystävälliseksi luokiteltavissa olevan hymyn.

He olivat nähneet kymmeniä ja kymmeniä huoneita, käytäviä ja ovia, mutta eivät ensimmäistäkään elävää sielua, jos nyt heinäsirkkoja ja erityisiä, makuuhuoneeseen juuri nukahtamishetkellä itsensä teleportatoivia hyttysiä ei laskettu mukaan. Oili madalsi ääntään.

"Tiedättehän, useimmat opetukset pyörivät itse itsekseen, mutta meitä varsinaisia tuotekehittelijöitä on enää ... no melko vähän. Ja jos totta puhutaan, niin ihmiset ovat melko taitavia opettamaan itse itseään. Joku joutuu tietysti aika ajoin lisäilemään heinäsirkkoja ja hyttysiä ja päivittämään korvamatoja sekä avaamaan tukkeutuneita ulottuvuusportaaleja, mutta keksintömme jäävät pääsääntöisesti toiseksi ihmisten omalle mielikuvitukselle. Tiedättehän, kapitalismi, internet, tosi-tv, inkvisitio... ", Oilin ääni hiipui ja gargoili näytti perin surulliselta.

"Mikä on inkvisitio?", Filius kysyi.

"Ei sillä väliä", Eeva viittoili nopeasti messiasta unohtamaan asian.

Eevan kävi gargoilia sääliksi.

"No mutta ihmisiä täällä sitten ainakin varmaan riittää, vai?", hän yritti piristää gargoilia, jonka pienet pystyt korvat olivat lurpahtaneet maata kohti niin surkean näköisesti, että Filius kumartui silittämään otuksen selkää lohduttavasti.

Gargoili räpytteli hetken silmiään.

"Ah, tarkoitatte *asiakkaita*. Niin toki, heitä kyllä tulee, voimme oikaista asiakastilojen läpi, seuratkaa minua", gargoili huikkasi lähtien taas hypähtelemään helvetin käytävää eteenpäin.

Seurue saapui pian käytävässä olevan syvennyksen luokse. Gargoili tarttui seinässä olevaan kahvaan ja paljasti liukuoven takaa keltaisesta muovista valmistetun liukumäen pään. Paljastus sai Eevan arvelemaan erään tunnetun kauppakeskuksen suunnittelijan asustelevan myös manalassa.

"Kahdesta ensimmäisestä risteyksestä vasemmalle, sitten oikealle", ohjeisti gargoili, ja hyppäsi kolahtaen keltaisen putkeen, joka kaartui pois näkyvistä.

Eeva ja Filius katselivat hetken toisiaan. Sitten Eeva kohautti olkapäitään, ja työnsi varovasti itsensä matkaan käskettyään Filiusta ensin pitämään riittävän välimatkan. Eeva tömähti ulos putkesta kuluneelle, tatamia muistuttavalle jumppamaton pätkälle. Hän ehti juuri kierähtää pois alta huomatakseen, että myös Filius oli epäonnistunut yrityksessään kääntyä viimeisestä eteen yllättäen tulleesta kaarteesta Oilin neuvomaan suuntaan. Eeva nousi haparoiden ylös Filiuksen kierähtäessä ulos putkesta hänen perässään orkidea edelleen kädessään.

Eeva odotteli hetken, josko heidän betoninvärinen oppaansa ilmaantuisi paikalle, mutta turhaan. He olivat siis eksyksissä helvetissä. Hienoa.

Eeva yritti lohduttaa itseään sillä, että hänen arvionsa mukaan heillä pitäisi vielä olla aikaa jäljellä ennen maailmanlopun alkua. Joskin Eevan oli toki myönnettävä, että aika vaikutti kuluvan varsin eri tavoin taivaassa ja maan päällä. Jumalat vaikuttivat olevan kovin hämmentyneitä kuolevaisten kiintymyksestä aikakäsitykseen. Taivaassa aikaa oli rajattomasti ja jumalat tuntuivat suhtautuvan siihen hieman samalla tavalla, kuin Eeva kuvitteli esimerkiksi valtamerikalan suhtautuvan tietoon vesimolekyylien rakenteesta. Eeva ei myöskään ollut varma, oliko aika kulunut taivaassa hitaammin, vai olivatko he matkanneet ajassa taaksepäin ilmaantuessaan Filiuksen kanssa maan kamaralle vain hetki hänen oman luonnollisen poistumansa jälkeen. Eeva ajatteli toiveikkaana, että ehkä myös helvetissä aika kulkisi nopeammin kuin maan päällä, jolloin heillä olisi vielä ruhtinaallisesti aikaa Antikristuksen etsimiseen.

"Minne me olemme tulleet?", Filius kysyi Eevan pohtiessa ajan lainalaisuuksia.

He olivat tulleet suureen himmeästi valaistuun saliin, joka vaikutti jatkuvan loputtomiin. Salin seinustoille ja lattioille oli kasattu suuria kekoja erilaisia hapertuvia laatikoita ja hylllyjä, joille vaikutti olevan kasattu useamman antiikkikaupan sisältö. Eeva lähti kävelemään varovasti hyllyjen välissä tutkaillen uteliaana tavaroita Filiuksen kompuroidessa pystyyn ja lähtiessä seuraamaan tätä.

Eeva poimi käteensä arvioivasti hyllylle asetellun kultaisen rasian ja helisti sitä varovasti.

"Näyttää jonkinlaiselta aarrekammiolta", hän arveli ja asetti äänettömänä pysyneen rasian takaisin hyllyyn.

"Tai ehkä varastolta", hän täydensi saapuessaan hyllyjen välissä olevaan kohtaan, johon oli kasattu varsin huomattava määrä hyvin tavallisia, mutta todella vanhoja tiiliä ja muutama aidan kappale.

Filius nosti hyllystä käteensä vanhan ja pölyisen kivenpalan, johon oli hakattu siivekkään ihmisen kuva. Eeva taas tarttui edempänä hyllyllä olleeseen vanhaan, kolhiintuneeseen torveen ja puhalsi. Torvesta lähti korviahuumaava vinkuna, joka päätyi matalaan törinään. Katosta tipahti lattialle pala tomuista laastia.

Eeva asetti torven varovasti takaisin ennen kuin ääni herättäisi armollisesti uneksivan korvamadon taas henkiin.

He kävelivät pitkin hyllyrivejä uteliaina, kunnes Eevan huomio kiinnittyi kultaiseen arkkuun. Vaikka arkku oli pölyn peitossa, tunnisti Eevan sen heti arkuksi, jossa säilytettiin Pyhässä Kirjassa mainittuja Yhdeksää Kehotusta, joskaan hänen tietonsa ei ollut niinkään peräisin pyhäkoulusta kuin eräästä hänen lapsuudessaan suurta suosiota nauttineesta elokuvasta, missä alakoulun historianopettaja löytää luolasta ikuisen elämän lähteen sekä Liitosten Arkun, jossa säilytettiin pyhiä Yhdeksää Kehotusta. Eeva tiesi myös, että Kehotukset oli alun perin löytänyt eräs vaellusopas harhailtuaan kolme kuukautta aavikolla, koska ei ollut suostunut seuralaistensa toistuvasta kehotuksista huolimatta kysymään keneltäkään ohikulkijalta neuvoa. Kartanlukutaidoton opas oli kuitenkin selittänyt jälkeenpäin koko vaelluksen nimenomaisena tarkoituksen olleen päämärätön harhailu erämaassa, jotta hän saisi yhteyden Jumalaan ja voisi välittää tämän seuraajille ohjeet oikeanlaisen elämän elämiseen ja niin hän sai vaihdettua heikohkosti menestyneen matkailuoppaan uransa papin virkaan. Taulut olivat toki yliluonnollista alkuperää, joskaan opas ei tiennyt törmänneensä aavikolla Jumalan sijaan erääseen demoniin, joka oli juuri tyhjentämässä aavikolle helvetin edellisestä tiimipalaverista jäljellejääneitä kivisiä muistitauluja.

Myös Filius oli huomannut Eevan huomion kohteen ja kävellyt suoraan arkulle.

"Ei!", ehti Eeva kiljaista, kun Filius nosti kannen auki.

Arkun sisältä ei kuitenkaan purkautunut säteilevää ja tappavaa valoa kuten Eevan näkemässä elokuvassa, ja Filius katsoi Eevaa hieman hölmistyneenä.

Eeva käveli hieman nolostuneena velipuolensa viereen tutkimaan arkun sisältöä.

Arkusta paljastui kaksi painavaa ja pölyn peittämää kivitaulua, joille oli kaiverrettu Eevalle tuntematonta kirjoitusta.

"Yhdeksän Kehotusta", Filius totesi kunnioitusta äänessään.

Eeva työnsi arkun kannen syrjään ja yritti nostaa kivilaattoja arkusta esille.

"Varovasti!", Filius sanoi yrittäen auttaa kivilaatan nostamisessa.

"Kyllä minä saan tämän", Eeva tokaisi heiluttaen kädellään Filiusta kauemmaksi.

Laatat kuitenkin osoittautuivat huomattavasti painavammaksi, kuin mitä Eeva oli kuvitellut. Hän sai kammettua laatat juuri arkun reunan ulkopuolelle, kun pölyinen kivi lipesi hänen kädestään, ja laatat romahtivat lattialle valtavan räsähdyksen saattelemana.

Eeva ja Filius tuijottivat lattialla olevaa kivimurskaa ja laatan paloja hiljaisuuden vallitessa.

"Noh", Eeva totesi hieman nolostellen. "Eivät ihmiset niitä muutenkaan noudattaneet."

Filius kuitenkin katsoi sisarpuoltaan syyttävästi. Orkidean terälehti heilahti tavalla, joka toi välittömästi Eevan mieleen hänen äitinsä "mitä sitä olet taas tehnyt" -huokauksen.

"Ehkä ne saa vielä liimattua kasaan", Eeva yritti toiveikkaasti, ja kumartui asettelemaan kauemmas irronnutta palaa takaisin paikalleen.

Soviteltuaan murenevaa kivipalaa takasin paikalleen hetken, Eeva kuitenkin luopui yrityksestä.

"Okei, minulla on idea. Odota tässä", Eeva sanoi hiljaisen tyytymättömyyden vallassa häntä katsovalle velipuolelleen ja lähti astelemaan kohti hyllyjä.

Eeva oli kaivellut aikansa hyllyjä ja onnistunut löytämään jostain tavaravuorten uumenista vanhan matkapuhelimen ja näppäili sen näytölle uusia Kehotuksia. Filius oli ollut ensin varsin epäileväinen digitaalisia säilytysmenetelmiä kohtaan, mutta luopunut lopulta vastustelusta Eevan selitettyä, että jos jotain maailmasta jäisi maailmanlopun jälkeen jäljelle, niin se olisi torakat sekä entisen kumisaapastehtaan valmistama pieni sininen kämmentietokone.

"Okei okei okei", Eeva sanoi haroen hiuksiaan. "'Älä tapa, älä varasta". Ne voidaan varmaan pitää." Eeva näpytteli puhelimeen.

"Älä ... ole urpo?", yritti Eeva kaivella muistinsa uumenista kolmatta Kehotusta.

Filius huokasi syvään ja pudisti päätään.

"Älä himoitse toisen omaisuutta."

Filiuksen isovelimäinen ohjeistus toi Eevan mieleen ikävästi seurakunnan kerhonohjaajan.

"Miten ihminen voi olla himoitsematta?", Eeva kyseenalaisti. "Eihän ajatuksilleen tai tunteilleen mitään voi. Miten niiden pohjalta *toimii*, onkin sitten eri asia. Ja meillä on jo 'Älä varasta'. Siirrytään seuraavaan", Eeva totesi.

Filius loi sisareensa epäilevän katseen, mutta ei väittänyt vastaan.

"Älä tee huor..."

"Se on nykyään 'aviorikosta'", Eeva korjasi. "Joskin rikoslaista haureus on poistettu jo aika päivää sitten. Ja koko avioliiton käsite on muutenkin nykyään aika passé", Eeva hiljeni pohdiskellen.

"Miten olisi 'Harrasta polygamiaa vain eettisesti ja kaikkien osapuolten suostumuksella?", Eeva päätti ja jatkoi puhelimen naputtelua.

"Mitä tarkoittaa polygamia?", Filius kysyi kohottaen kulmiaan.

"Toisaalta eettisyys linkittyy arvoihin ja koko moraalijärjestelmään, ja on muutenkin hyvin tulkinnanvarainen", Eeva jatkoi itsekseen huomioimatta velipuolensa kysymystä.

"Ja toisaalta, miksi vain monisuhteissa kusipäisesti toimiminen olisi rangaistavaa? Miten olisi yleisesti 'Ole kiltti toisille ihmisille'?", Eeva lisäsi.

"Rakasta lähimmäistäsi niin kuin itseäsi", Filius siteerasi itseään hymyillen hartaan oloisena.

Eeva pyöritti silmiään.

"Sopii varmasti hyvin boomereille", Eeva sanoi vilkaisten syrjäkulmasta Filiusta. "Tiedätkö, mikä on milleniaalien yleisin mielenterveyshäiriöiden syy? Burnout. Yritetään auttaa kaikkia muita paitsi itseä. Täytyy tehdä omat ja muiden työt, olla sosiaalinen, pelastaa ekosysteemi ja näyttää siinä kaikessa vielä hyvältä. Suuret ikäluokat neuvottelivat itsensä eläkkeelle kuusikymppisinä ja nyt muiden pitäisi sitten paikata tuottavuusvaje, olettaen että maapallolla nyt yleensä voi edes elää siinä vaiheessa, kun milleniaalit ehtivät saada pätkätöillä kasaan edes puolet vanhempiensa elintasosta." Eeva kiihtyi.

"Minun sukupolveni osaa kyllä laittaa omat tarpeensa sivuun ihan muistuttamattakin, kiitos vain", hän jatkoi happamasti. "Happinaamari tulee laittaa ensin itselle, ja vasta sitten muille", hän siteerasi vielä lopuksi yhtä tohtori Glaubenstraum-Mättösen suosikkilausahdusta ja katsoi Filiusta uhmakkaasti.

"Entä... Pyhitä lepopäivä?", tarjosi Filius hieman hämillään.

"No siinä viimein järkevä ehdotus!", nyökytteli Eeva ja alkoi näpytellä.

"Paitsi tietysti pyhittäminen on aika epämääräinen ilmaus. 'Huolehdi palautumisesta'? Äh, liian mainosmainen. Onko 'chillaa välillä', taas vähän liian aikakausisidonnainen?", Eeva kysyi enimmäkseen itseltään.

"Laitan tähän nyt 'Vedä lonkkaa viikonloput', mutta palataan siihen vielä", Eeva sanoi lisäten kohdan jälkeen kysymysmerkin. "Mitä meillä vielä on jäljellä?"

"Älä lausu väärää todistusta, älä käytä väärin herran nimeä", Filius luetteli kuuliaisesti.

"Todistus on aika prosessioikeudellinen termi. Miten olisi älä valehtele?"

"Toisaalta pienet valkoiset valheet nyt saattavat olla paikallaan tilanteessa kuin toisessakin. Ehkä 'Pyri totuuteen'?", Eeva lisäsi uuden teon listaan.

"Se taisikin olla sitten viimeinen", Eeva sanoi tyytyväisenä ja tallensi viestin ja asetti puhelimen huolellisesti arkkiin. He olivat käyneet pitkällisen keskustelun siitä, tulisiko Eeva oli vaatinut, että he täydentäisivät listaa vielä yleisluotoisella käskyllä "Älä ole kusipää", jonka loppuosan Filius vaati siveellisyyssyistä muutettavaksi lasten korville sopivampaan muotoon, joten listalle oli lopulta päätynyt "Älä ole ilkeä".

Eeva oli suhteellisen tyytyväinen heidän aikaansaannokseensa ja oli juuri nostamassa arkin kantta paikoilleen, kun he kuulivat kolahduksen, jota seurasi pehmeämpi tömpsähdys ja rapinaa. Eeva ja Filius säntäsivät hyllyjen väliin ja huomasivat ilokseen Oilin ja karhukaisen tupsahtaneen liukumäestä huoneeseen.

"Täällähän te olette. Luulinkin kuulleeni muurit murtavan torven", Oili totesi. "Tulkaa, asiakasosasto on täällä päin", gargoili sanoi hilpeästi ja viittoi heitä kohti salin reunassa häämöttävää pientä puista ovea.

Eeva astui ovesta harmaantuneen punaisen kokolattiamaton peittämään tilaan ja ravisteli jalkojaan. He olivat laskeutuneet pitkiä kierreportaita niin pitkään, että Eevaa oli alkanut huimata. Lopulta Oili oli kuitenkin ohjannut heidät eräästä portaikosta esiin pilkistävästä ovesta sisään.

Eeva katseli ympärilleen. He olivat pitkänomaisessa huoneessa, jonka sivuilla oli suuret kultareunaiset pariovet. Seiniä peittivät tummapunaiset, rispaantuneet samettiverhot. Ovien vierestä lähti kapea portaikko ylös kohti ylhäällä katon rajassa olevaa tasannetta. Oili viittoi heidät nousemaan portaita Eevan huokaistessa syvään polviensa puolesta.

Viimein he saapuivat tasanteella olevalle ovelle, jonka Oili työnsi hartiavoimin auki. He astuivat pieneen, matalaan ja pimeän huoneeseen. Eevan silmien totuttua valaistukseen hän huomasi, että huoneen keskellä hurisi hiljaisesti projektori, joka heijasti seinässä olevasta aukosta valoa suurelle valkokankaalle, joka aukeni huoneen takana ja alla olevan suuren salin seinälle.

Eeva käveli varovaisesti seinässä olevalla aukolle. Hän huomasi katsovansa alas elokuvateatterin parvelta ja näki alhaalla pitkät plyysiin verhoillut tuolirivistöt. Siellä täällä istui ihmisiä, joista osa näytti pyyhkivän välillä silmäkulmiaan. Seuraavaksi Eeva loi katseensa valkokankaalle, jossa mies silitteli koiranpentua.

"Ooh", Filius henkäisi vaikuttuneena nauliten silmänsä liikkuviin kuviin.

Eeva kääntyi katsomaan Oilia kysyvästi.

"Elokuvateatteri?", hän kysyi varovasti kuiskaten.

Gargoili nyökytteli päätään.

"Ovatko nuo …. asiakkaita?", Eeva yritti saada tilanteeseen tolkkua.

Eeva katsahti takaisin valkokankaalle. Hän kyllä muisti erään kolmituntisen, jonka oli viettänyt erään poikaystäväkokelaan kanssa katsoen usean palkinnon voittanutta taide-elokuvaa, joka koostui etupäässä tuulessa huojuvista viljapelloista ja niitä hyvin yrmeästi tuijottavasta stetsonhattupäisestä miehestä. Eeva oli viettänyt ensimmäiset puolitoista tuntia elokuvasta odottamalla, että elokuvassa alkaisi viimein tapahtua jotain, ja seuraavat puolitoista tuntia pohtimalla, ehtisikö hän vielä nähdä Sinkkuja Saarella Suomen viimeisen jakson, jos hän lähtisi kotiinsa yllättävää aivohalvausta teeskennellen. Helvetin valkokankaalla pyörivä elokuva ei kuitenkaan vaikuttanut olevan kiduttavan tylsä taideprojekti, vaan aika tavallinen draama.

"Katsos, kaikki sielut eivät oikein … viihdy taivaassa", Oili aloitti asetellen sanansa huolellisesti.

"Emme ole täysin varmoja, mistä asia johtuu, mutta joillekin sieluille iankaikkinen autuus vaikuttaa olevan hieman … liikaa, ymmärrätkö", Oili katsoi Eeva merkityksellisesti.

Eeva nyökkäsi. Hän oli ihmetellyt, että pastellinsävyisten pilvien ja ajoittaisten ohitse lentävien rusoposkisten vauvan pakaroiden tuijottelu ei vaikuttanut ajavan enemmänkin ihmisiä (tai jumalia) hulluuden partaalle.

"Jotkut sielut tuntuvat jostain syystä kaipaavan hieman *vähemmän* seesteistä iäisyyttä. Niinpä heitä aina välillä ilmaantuu taivaasta tänne."

Eeva tuijotti gargoilia. Hän oli luullut, että hän oli ollut ainoa levoton sielu taivaassa.

"Ovatko nämä sielut olleet … pahoja?", Eeva kysyi nieleskellen.

Kalvava ajatus oli ilmaantunut Eevan mieleen. Oliko syy hänen epämukavaan oloonsa taivaassa se, että hänen sielussaan oli kenties palanen uudelleensyntynyttä poliitikkoa tai kansanmurhaajaa? Tai miestä, joka oli keksinyt kesäaikaan siirtymisen?

Oili käänsi päätään kummastuneena, kuin chihuahua, joka yrittää ymmärtää, miksi herkullinen kakunpalanen ei vielä ole tipahtanut pöydältä tämän kuppiin.

"Eivät sielut ole hyviä tai pahoja", Oili selitti.

"Ihmiset voivat toki olla kovin julmia toisilleen. Mutta siinä on lopulta kyse enimmäkseen fysiikasta. Kehittymätön otsalohko, tai vaillinainen empatiakyky. Traumoja. Lopulta kyse on kuitenkin oikeastaan vain muiden ihmisten kannalta epäsuotuisasti kytkeytyneistä neuroneista. Oikeastaan ihmisten pahuus on enimmäkseen biologiaa, josta taas pääsee näppärästi eroon kuolemalla", gargoili jatkoi.

"Sielut taas ovat ... sieluja." gargoili jatkoi. "Ja kaikki sielut ovat pohjimmiltaan aika samanlaisia."

Gargoili loi silmäyksen elokuvateatteriin.

"Jotkut sielut vain ovat hieman ... vähemmän samanlaisia kuin toiset", Oili muotoili.

Eeva kurtisti kulmiaan.

"Tämä ei siis ole ... rangaistus?", Eeva viittasi ympärilleen ja yritti jäsentää kuulemaansa.

Oili katsoi Eevaa ihmetellen.

"Ei tietenkään."

Eeva sulatteli ajatusta. Kun hän tarkemmin ajatteli asiaa, oli melko ymmärrettävää, ettei sieluja lajiteltu kuoleman jälkeen hyviin ja huonoihin, sillä elämä oli tosiasiassa niin monimutkaista, että absoluuttista hyvää ja pahaa oli yleensä mahdotonta löytää (joskin ensimmäisenä mainittuihin Eeva olisi kyllä valmis luettelemaan esimerkiksi aamuisin imuroivat naapurit). Hänen oli myös hyvin vaikea uskoa, että jumalilla riittäisi aikaa, saati kiinnostusta jokaisen ihmisen koko elämän aikaisten tekojen punnintaan ja tuomarointiin.

"Mitä sielut oikein sitten tekevät täällä?", hän kysyi.

"Suurin osa tänne saapuvista sieluista saapuu tänne, koska he haluavat tuntea muitakin tunteita, kuin vain autuutta. Kyynelten sali on aika suosittu"

Gargoili nyökkäsi kohti diaprojektoria.

"Kyynelten sali?"

Oili löntysteli seinään kiinnitetyn ohjelman luokse.

"Nyt menossa on Elokuva, "Koira Odottaa Ihmistä Joka Päivä Juna-asemalla". Se on yleensä aika suosittu. Seuraavaksi on piirretty elokuva "Pieni Orpo Dinosaurus Matkaa Läpi Erämaan" ja sitten "Kuusipeuran Vasa On Onnellinen Kunnes Koko Metsä Palaa", gargoili luki.

Eeva asteli ripeästi edelleen liikkuvan kuvan pauloihin joutuneen Filiuksen luokse.

"Tule, meidän täytyy mennä", Eeva sanoi ja nyki velipuoltaan kädestä.

"Tuo mies on löytänyt hylätyn koiranpennun", Filius kuiskasi tuijottaen lumoutuneena valkokangasta. "Tämä on ihmeellistä, voin suorastaan *aistia* miten onnellisia he ovat yhdessä."

"Tule, meidän täytyy löytää Antikristus"

Eeva tarttui velipuoltaan napakammin käsivarresta ja kiskoi tämän Oilin perässä ulos huoneesta.

"Mutta minä haluan nähdä, miten tarina päättyy", Filius protestoi Eevan raahatessa messiasta perässään.

"He elivät onnellisena elämänsä loppuun asti", Eeva totesi heidän lähtiessä astelemaan taas yhtä helvetin käytävistä Oilin johdattamana.

"Oi minä haluaisin niin kovasti nähdä sen", Filius huokasi.

"Et haluaisi".

"Miksi? Sen koiranpennun onni oli suorastaan käsin kosketeltavaa! Ehkä voisimme rakentaa eläviä tarinoita myös taivaaseen", Filius pohti.

Eeva pudisti päätään.

"Sitä ennen meidän pitäisi vielä estää maailmanloppu, jos muistat", Eeva napautti.

Vaikka he olivat taas tuonpuoleisessa, Eevan ruumis vaikutti muistavan vielä varsin elävästi, kuinka miellyttävää oli ollut napostella riisipiirakkaa, jolle oli kasattu lusikalla torni munavoita, tai rouskuttaa hampaissa äidin valmistaman Brita-kakun päällä olleita paahdettuja mantelilastuja. Nyt Eevan vatsa muistutti, että tämä ei ollut syönyt mitään epäilyttävän kirjaston jälkeen. Hän kaipasi omaa sänkyään ja aivotonta tosi-tv-maratonia ja läheisestä pitseriasta ostettua rasvaista, valkosipulilta tuoksuvaa juustolla, ananaksilla ja suolakurkuilla kuorrutettua leipää, jonka kutsuminen pitsaksi saisi kenen tahansa italialaisen verenpaineen nousemaan vaarallisiin lukemiin. Oli hyvin tyypillistä, että juuri hän ei saisi edes tuonpuoleisessa nauttia rauhassa elostaan. Olkoonkin, että hän itse oli (täysin tahattomasti, hän muistutti itseään) saattanut aikaansaada maailmanlopun, jota yritti nyt estää. Silti Eevasta tuntui epäreilulta, ettei häntä tullut koskaan pelastamaan ritari valkoisella ratsulla – tai edes ruosteisella Hondalla, eikä hän vaikuttanut koskaan saavan kiitostaan ponnisteluistaan yhteisen hyvän eteen. Filius oli sentään haettu taivaaseen taivaallisen sotajoukon ratsuilla, jupisi Eeva itsekseen.

"Olemme melkein perillä", Oili keskeytti Eevan mietteet seurueen saapuessa suurten puisten pariovien eteen.

Gargoili nojasi raskaisiin oviin, jotka aukenivat hitaasti paljastaen punahehkuisen pitkän tilan. Eeva ja Filius pysähtyivät oven suuhun. Sali vaikutti punaisine kattokruunuineen, lukuisine keskellä lattiaa roihuavine tulipesineen ja hohtavan punaisine valoineen siltä, miltä Eeva olisi voinut kuvitella helvetin näyttävän – ainakin jos helvetin olisi suunnitellut kaksi varsin kovapalkkaista, ylisuuria mustia silmälaseja ja olkatoppauksia käyttävää muotisuunnittelijaa.

He astuivat varovasti mustan ja punaisen sävyissä kimaltelevalle kiiltävälle lattialle. Salin katosta roikkui mustia ja punaisia ketjuja ja pitkin lattiaa oli ryhmitelty suuria mustasta raudasta valmistettuja varsin terävien ja monimutkaisten näköisiä häkkyröitä, jotka saivat Eevan niskakarvat nousemaan pystyyn. Hänen pahat aavistuksensa vahvistuivat hänen silmiensä osuessa suureen piikikkääseen sarkofagiin, jonka hän tunnisti keskiaikaiseksi kidutusvälineeksi. Myös Filius vaikutti olevan varsin vaivaantunut ympäristöstään, ja Eeva huomasi miehen värähtävät aavistuksenomaisesti nähdessään tummasta puusta valmistetussa telineessä roikkuvat ruoskat.

"Mikä paikka tämä on?" Eevan ääni värähti.

"Välinevarasto", hän totesi arkisesti. "Tännepäin."

Gargoili suuntasi liukuoven ohi ja kohti viereisellä seinustalla olevaan pienempää puista ovea. Eevan lähestyessä liukuovea hänen korvaansa kantautui rytmikäs basson jylinä.

"Ovatko nämä... rekvisiittaa?" kysyi Eeva varovasti Oililta.

"Ei toki, ne ovat usein käytössä", gargoili vastasi huolettomasti.

"Mutta luulin, että Helvetissä ei käytetä rangaist..."

Eevan lause katkesi, kun liukuovi yhtäkkiä avautui ja rytmikäs musiikki tulvahti ilmoille. Eeva ehti juuri kääntää katseensa, kun oviaukosta syöksyi esiin valtaisa lintu. Eeva tuijotti sateenkaaren ja kullan väreissä kimaltavaa ja heiluvaa sulkakasaa hetken, ennen kuin tajusi, että korkealla hänen päästä yläpuolella sulkapäähine kuului tummalle ja varsin pitkäraajaiselle miehelle nokkaeläimen sijaan. Mies oli pukeutunut täydelliseen sambakarnevaaliasuun. Hänen päätään koristi valtava värjätyistä strutsinsulista ja kultakoristeista sommiteltu päähine. Myös miehen hartioita ja hauiksia koristivat värikkäät sulat, jotka heiluivat komeana viuhkana miehen nostaessa kädet lanteillaan ja katsellessa tulijoita arvioivasti. Jalassa miehellä oli, Eevan nopean arvion mukaan, ainakin viisitoistasenttiset korot ja sulkia heilui myös hänen sääriään peittävistä kultakoristeista. Miehen paljas rintakehä kimalteli glitteristä, ja Eeva yritti – joskin varsin puolivillaisesti – olla tuijottamatta miehen lanteita korkeintaan muodollisesti verhoavia, pieniä strassi- ja sulkakoristeisia stringejä.

"Keitäs meillä täällä on?", mies sanoi ja siristi pienillä timanteilla ja sulilla koristeltuja silmiään.

"Tuota, Eeva, hei", Eeva kakisti kurkkuaan ja esittäytyi. "Ja tässä on ... "

"Fili", flamingon ja tikapuiden risteytyksen Eevan mieleen tuova mies henkäisi.

Höyhenasuinen mies ja Filius tuijottivat hetken toisiaan, kunnes mies yhtäkkiä ryntäsi Filiuksen luokse, tarttui tämän kasvoihin molemmilla käsillään ja suuteli tätä suulle maiskahtaen. Eeva katseli näkyä sanattomana. Filiuksen tavanomainen hyväntahtoinen hymy oli saanut hämmentyneen ja vaivaantuneen vivahteen.

"Niin tehän tunnettekin toisenne", takaisin huoneeseen palannut Oili totesi oven suusta.

"Onpa *ihanaa* nähdä sinut jälleen", kimmeltävä mies sanoi silittäen Filiuksen käsivarsia.

"Minä, tuota, yritin kyllä lähettää kutsun keikallemme. Et varmaan saanut sitä", Filius takelteli ja katseli varpaisiinsa.

Mies huitaisi kädellään ilmaa lähettäen matkaan glitterisateen.

"Oi, minun oli todella tarkoitus tulla, mutta käteni olivat kerrassaan sidotut", mies pahoitteli ilkikurinen pilke silmissään "Mutta unohdetaan menneet, pääasia että olet nyt täällä! Oi sinun kerrassaan *täytyy* tulla mukaan, Patros lupasi lämmittää poreammeen ja Theos on noutanut *oikeita* kärsimyshedelmiä", mies madalsi ääntään ja katseli Filiusta viekoittelevasti.

Filius nielaisi. Mies naurahti heleästi.

"Voi darrrling, älä pelkää. *Täällä* ei joudu vaikeuksiin siitä, että suutelee miestä julkisella paikalla", mies vinkkasi silmää.

Filiuksen ihonväri alkoi vaihtua kerubin takaliston sävyiseksi.

"He ovat matkalla tapaamaan Antikristusta", Oili muistutti iloisesti.

Sulkapäähineinen mies loi gargoiliin ärsyyntyneen katseen.

"Niin meillä on oikeastaan aika *kiire*", Eeva yritti varovasti nykiä paikoilleen nauliintunutta ja yhä punaisemmaksi käyvää Filiusta liikkeelle.

Samalla oviaukosta työntyi sisään nainen, joka oli pukeutunut varsin huomattavaan määrään ohuita nahkaremmejä, jotka (joskin Eevan arvion mukaan enemmänkin sattuman kuin huolellisen sijoittelun seurauksena) vaikuttivat peittävän lisääntymisen kannalta kaikkein kriittisimmät osat. Naisen reidet olivat sinertävät mustelmista ja hänen vatsaansa viivoittivat punaiset juovat. Kädessään hänellä oli pitkä nahkainen ruoska.

Eeva loi huolestuneen katseen velipuoleensa, joka vaikutti lakanneet hengittämästä ja alkoi lähennellä ihonväriltään naisen sinipunaisena hohtavia reisiä.

"Jude, voitko tulla paikkaamaan Validiusta?", nainen sanoi heilutellen ruoskaa laiskasti kädessään. "Hän *lupasi*, etten pystyisi istumaan enää tällä vuosisadalla, mutta väittää nyt kärsivänsä taas jännetuppitulehduksesta".

Nainen katsoi anovasti hymyillen höyhenpukuista miestä. Eeva oli varma kuulleensa väärin.

"Jude...?", hän aloitti kysyvästi tuijottaen höyhenasuista miestä.

"Judeus, palveluksessanne", mies soi Eevalle mairean hymyn ja tarjosi tälle kämmenselkäänsä.

Eeva katsoi miestä hämmentyneenä ja tarttui varovasti tämän alaspäin osoittaviin sormiin puristaen tämän kättä varovasti. Eeva muisti toki Pyhän Kirjan kertomuksen Filiuksen kymmenestä seuraajasta, joista yksi, Judeus, oli pettänyt messiaan paljastamalla tämän sijainnin vihaiselle väkijoukolle, joka oli lopulta aiheuttanut messiaan ennenaikaisen (tai täysin oikea-aikaisen ja Jumalan suunnitelman mukaisen, mikäli kysyi Jumalan pojalta itseltään) poistumisen ajasta iäisyyteen. Eeva myös toki tiesi, että tarinan mukaan Judeus kärsi tekojensa vuoksi rangaistustaan helvetissä, mutta hän oli olettanut, että Judeus olisi näyttänyt enemmän kärsivän (sekä huomattavasti enemmän vaatetetun) näköiseltä, kuin heidän edessään patsasteleva mies. Juudas loi Eevan nopean halveksivan katseen ja käänsi sitten katseensa takaisin Filiukseen ja loi tälle loistavan hymyn.

"Minun täytyy mennä, mutta *lupaa*, että tulet takaisin tätä kautta. Pidän sinulle paikkaa poreammeessa varattuna", mies sanoi ja käveli takaisin liukuovesta iskettyään vielä ennen oven sulkeutumista Filiukselle silmää.

Eeva ravisti päätään. Hän olisi voinut vannoa, että oli nähnyt Judeuksen kumartuvan puristamaan Filiuksen pakaraa lähtiessään ja yritti karkottaa mielikuvaa päästään.

"Niin, jotkut sielut eivät tosiaan oikein viihdy taivaassa", Oili huokasi. "Tännepäin, olemme melkein perillä", gargoili jatkoi ja lähti tallustamaan seinustalla olevaa ovea kohti karhukainen tiukasti kintereillään.

He kävelivät helvetin käytävää ääneti. Eeva yritti saada päässään villiintyneen ilotulituksen tavoin risteileviä ajatuksia järjestykseen. Hän pystyi suorastaan kuulemaan, miten hänen seurakunnan kerhonohjaajansa permanentti suoristuisi kauhusta, jos hän olisi nähnyt Filiuksen ja tämän pahamaineisen seuraajan kohtaamisen.

Oliko Filiuksella ollut Judeuksen kanssa suhde? Oliko Jumalan poika homo? Tai kenties biseksuaali, pieni ääni Eevan päässä muistutti. Voisihan messias toki olla myös pan- tai allo- tai demiseksuaali, Eeva muisti lisätä. Toki sapioseksuaalisuuskin voisi olla mahdollista, joskin Eevan täytyi myöntää, että jokin Judeuksessa sai hänet epäilemään kyseistä suuntausta. Eeva tajusi, että oli oikeastaan automaattisesti kuvitellut Filiuksen perineen taivaallisen isänsä asenteen, mitä tuli maanpäällistä romanttista toimintaa kohtaan. Nyt Eeva joutui kuitenkin muistuttamaan itseään siitä, ettei hän oikeastaan tiennyt velipuolestaan juuri mitään, tämän pääpiirteistä elämänhistoriaa lukuun ottamatta. Hän kyllä muisti, että Pyhässä Kirjassa Judeuksen kerrottiin pettäneen Filiuksen suudelmalla, sillä tämä paljasti vihaiselle väkijoukolle sen, kuka Filius oli. Joskin kun asiaa nyt ajatteli, oli kertomus vaikuttanut Eevasta aina hieman ontuvalta. Ensinnäkin miksi Judeusta edes tarvittiin? Jos vihainen väkijoukko olisi saapunut Filiuksen ja tämän seuraajien luokse ja kysynyt, kuka täällä on Filius, olisi Jumalan poika varmasti viitannut itse kuuliaisesti kuin partiopoika. Vai oliko väkijoukon suututtanut miesten keskeinen syljenvaihto, mikä epäilemättä oli ollut rikos siihen aikaan. Ja jos niin oli, oliko Judeus ollut juonessa mukana, vai oliko heidät yllätetty kesken romanttisen hetken?

Eeva katsoi sivusilmällä hänen vieressään kypsän tomaatin värisenä kävelevää veljeään. Eeva ei pystynyt kertomaan, oliko Filius vaivaantunut siksi, että mies oli juuri suudellut häntä, vai siksi, että Eeva oli nähnyt tilanteen.

"Tuota ...", Eeva yritti muotoilla päässään kysymystä soveliaaseen muotoon.

Filius tuijotti tiukasti eteensä.

"Oliko Judeus ... tai siis ... "

"Olemme perillä", gargoili keskeytti Eevan ja pysähtyi iloisesti hymyillen suurten mustien pariovien eteen. "Varokaa, Luci saattaa olla hieman äreällä päällä", hän kuiskasi vielä Eevalle ennen kuin avasi oven.

Eeva astui varovasti sisään suureen, tummalla puulla paneloituun huoneeseen. Huone oli pitkulainen ja Eeva tunnisti sen seiniä koristavien mietelauseiden olevan otteita erään entisen jääkiekkoilijan tekemästä runokirjasta, joka oli aiheuttanut erään kirjan tielle osuneen epäonnisen kirjallisuuskriitikon siirtymisen ennenaikaiselle varhaiseläkkeelle. Huoneen toista sivustaa peittivät kirjahyllyt, jotka olivat täynnä mappeja ja paperipinoja. Hyllyjen välissä syvennyksessä oli kaksi ylellisen punaisella sametilla päällystettyä koiranpetiä. Käyttämättömän näköiseen petiin oli kirjailtu kultalangoin nimi Archibald. Toisella pedillä, jonka reunaa koristi nimi Celeste, ruusukkeiden ja diplomien ympäröimänä, loikoili välinpitämättömästi Eevaa silmäilevä valkoinen, tasaisen siististi trimmattu villakoira. Huoneen toisella sivustalla oli pieni pöytä ja tietokone, jonka sinertävän hehkun valossa istui enkeli näpytellen kiukkuisesti näppäimistöä. Enkelillä oli terävät, iättömät kasvonpiirteet ja tämä oli pukeutunut harmaaseen toogamaiseen tunikaan, jonka korkea kaulus olisi saanut Eevan mummon nyökkäämään hyväksyvästi. Enkelin siivet olivat tiivistii laskostuneet selkää vasten ja niiden tummuneen hopean sävy vaikutti siltä, ettei niitä oltu avattu viimeiseen muutamaan sataan vuoteen. Eeva täytyi myöntää, että hän oli olettanut manalan pääpirun olevan punainen ja sarvekas, tai edes aavistuksen vähemmän *hillityn* näköinen. Eevan edessä näppäimistöä kurittava enkeli näytti kuitenkin enemmän kirjastonhoitajien suojelupyhimykseltä kuin manalan valtiaalta. Toisaalta jokin enkelistä hohtavassa järjestäytyneisyydessä sai Eevan ajattelemaan, että jos joku taivasolento pystyi uhmaamaan uskon muuttavaa voimaa, se oli Lucius. Enkelin hopanharmaat hiukset olivat niin tiukalla nutturalla, että Eeva epäili, etteivät hiussuortuvat uskaltaisi liikahtaakaan ilman kirjallista lupaa, vaikka nutturaa koossapitävän hopealangan avaisi.

"Antikristus?", Eeva tervehti varovaisesti enkeliä, joka oli siirtynyt näppäimistön aggressiivisesta naputtamisesta tietokoneensa hiiren pahoinpitelyyn luomatta vilkaustakaan sisääntulijoihin.

Tuolin alla oleva, pientä likaista moppia muistuttava koira haukahti. Enkeli jatkoi koneensa fyysisen sietokyvyn testaamista ja tuijotti tiukasti koneen näyttöä.

"Mitä asiaa?", enkeli totesi irrottamatta katsettaan ruudusta.

"Tuota...", Eeva haparoi enkelin pistävän katseen alla.

Eeva tajusi, että ei ollut tullut vielä lainkaan ajatelleeksi, miten hän oikeastaan estäisi pimeyden ruhtinaan – tai ruhtinattaren saapumisen maan päälle. Hän oli ajatellut laativansa jonkinlaisen suunnitelman helvettiin päästyään, mutta helvetti – ja erityisesti Filiuksen entisen seuraajan tapaaminen – olivat saaneet Eevan ajatukset sekaisin. Eeva hän koukisteli sormiaan vaivaantuneena ja yritti kehitellä suunnitelmaa.

Karhukainen rapisteli tiensä enkelin tuolin alle ja työnsi muitta mutkitta kuononsa siivousväline-imitaattorin siihen päähän, josta ei kuulunut heikkoa murinaa.

"Arvon saatana", Filius aloitti "Me tulimme pyytämään, että et saapuisi maan päälle aloittamaan maailmanloppua. Eeva tässä on kovin kiintynyt maailmaan ", Filius epäröi hetken, "tai ainakin osiin siitä, jotka eivät ole hänelle läheistä sukua"

"Hei..."

Eeva meinasi sanoa, että vaikka hänen perheessään ei osoitettu kiintymystä sanoin tai teoin, ei se merkinnyt sitä, ettei sitä olisi ollut lainkaan. Hän oli kyllä kiintynyt lähisukuunsa. Ehkä hieman samoin tavoin kuin suusta pudonnut purkka kiintyi käsinsolmittuun villalankamattoon: olosuhteiden pakosta – mutta kiintymystä oli sekin. Eeva kuitenkin päätteli, että nyt ei ehkä ollut hetki alkaa ruotia hänen perhesuhteitaan, ja tyytyi mulkaisemaan Filiusta protestiksi.

Enkeli ei kiinnittänyt Eevaan ja tämän velipuoleen huomiota, vaan jatkoi tietokoneen naputusta. Tuolin alla lymynnyt matonkudekasa alkoi jahdata karhukaista ympäri huonetta tuhisten äänekkäästi.

"Krh, Krh, krh, kraaaaah!", enkeli rohisi.

Eeva oli jo muistelemassa Heimlichin otetta, ennen kuin tajusi, että enkeli nauroi.

"Maailmanloppu? Ei minulla oli aikaa maailmanlopulle!", enkeli sanoi irrottamatta katsettaan ruudusta.

"Tiedättekö, kuinka moni ihminen internetissä on *väärässä?*", enkeli tuhahti ja jatkoi näppäimen naputusta, "... on sanomattakin selvää, että näkkileipä tulee voidella kuoppaiselta puolelta. Sinunlaisesi ihmiset varmaan voitelevat sämpylänkin litteältä puolelta", enkeli mutisi ääneen näpytellessään konettaan.

Eeva kurtisti kulmiaan. Ei epäilystäkään, he olivat tavanneet itsensä ihmiskunnan vihollisen.

"Sehän on hyvä. Tai siis, me oikeastaan tulimme Filiuksen kanssa ilmoittamaan, että maailmanloppua on siirretty", Eeva sanoi luoden Filiukseen painavan katseen. "Jos siis olet saanut pyynnön tulla maan päälle, niin se oli siis väärä hälytys. Ei siis mitään tarvetta tulla maan päälle lähiaikoina. Filius ilmoittaa ensikerralla sitten hyvissä ajoin, ennen kuin maailmanloppu oikeasti alkaa."

Eeva tönäisi Filiusta kylkeen. Harmaa rastakasa kipitti tuhisten lattian poikki karhukainen perässään.

"Joo, kyllä", Filius nyökytteli.

Enkeli tuijotti edelleen tiukasti näyttöä ja naksutteli hiirtä vihaisesti.

"Voit siis rauhassa keskittyä ... tehtäviisi", Eeva jatkoi.

Enkeli tuhahti.

"Tietenkin vessapaperirullan pitää pyöriä myötäpäivään. MYÖTÄ-PÄIVÄÄN", enkeli puhisi itsekseen tuijottaen yhä tietokoneensa ruutua.

"Oletko muuten käynyt Jodelissa?", Eeva kysyi vielä varmuuden vuoksi. "Saattaisit, tuota, viihtyä."

"No, mutta me tästä sitten poistummekin. Tosiaan ei siis mitään syytä saapua maan päälle"

Eeva lähti takaisin ovea kohti nykien Filiusta mukaansa. Hänen kääntyessä katsomaan hän ei kuitenkaan nähnyt karhukaista. Sen sijaan etäinen rapina oven takaa käytävästä vihjaisi heidän velipuolensa tekevän edelleen lähempää tuttavuutta koiraoletetun kanssa.

"Karhukainen, tseh!", Eeva kuiskasi heidän astuttuaan takaisin käytävään.

He eivät kuulleet vastausta, mutta kynsien rapina ja ajoittaiset haukahdukset johdattivat heitä käytävää eteenpäin, kunnes he saapuivat suureen avoimeen tilaan. Eeva yritti totutella silmiään hämärään. Heitä vastaan puhalsi viileä, raikas ilmavirta. Ja karhukaisen kynsien rapina tuntui kuuluvan heidän vasemmalta puoleltaan. Eeva ja Filius suunnistivat ääntä kohti ja löysivät pian karhukaisen, joka oli tarrautunut kynsillään likaiseen vaaleanpunaiseen pehmokaniiniin, jonka toisessa päässä roikkui tuhiseva ja murahteleva moppi.

"Ah. Löysitte Archibaldin."

Eeva säpsähti takaansa kuuluvaa ääntä, ennen kuin tunnisti gargoilin. Oili tallusti rapsuttamaan pehmojäniksen itselleen taistellutta ja innosta itsensä ympäri pyörivää ja tuhisevaa karvakasaa. Karhukainen ojenteli kynsiään toiveikkaana kohti pupua, jota koiraoletettu kantoi suussaan.

Eeva asteli metron ovista sisään Filius perässään. He suuntasivat istumaan tyhjän vaunun päähän ja karhukainen kiipesi kököttämään Filiuksen olkapäälle kuin valtava sulaton undulaatti. Orkidea vaikutti Eevan mielestä harvinaisen hiljaiselta Filiuksen sylissä. Eeva katseli kasvia odottavasti. Jopa orkidea joutuisi lopulta myöntämään, että Eeva oli kuin olikin onnistunut estämään maailmanlopun, tai ainakin varmistamaan sen estymisen, Eeva ajatteli. Kasvi vaikutti kuitenkin poissaolevalta, aivan kuin Eevan toimet maailman pelastamiseksi eivät olisi tehneet siihen minkäänlaista vaikutusta. Myös Eevan täytyi pian myöntää, että hänestä ei jostain syystä tuntunut lainkaan niin riemuisalta, kuin hän oli olettanut juuri maailman lopun siirtymisestä kuullut henkilön olevan.

Oili oli ystävällisesti ohjannut heidät "tunneliin, jonka päässä on valoa", kuten helvetin metroasema oli ilmeisen vitsikkäästi nimetty. Eevan täytyi myöntää, että hän oli ollut jokseenkin yllättynyt nähdessään tutun oranssin junan saapuvan luolamaiselle, ympyränmuotoiselle asemalle helvetin alimmassa piirissä. Juna oli tehnyt silmukan muodostavilla raiteilla täyskäännöksen ja seisahtunut nokka taas kohti tulosuuntaa ovet avoinna. Laiturilla Eeva oli kiittänyt Oilia avusta, ja gargoili oli toivottanut heille iloisesti onnea matkaan ja sanonut, että he voisivat tulla käymään milloin vain. Läksiäislahjaksi gargoili oli vielä asentanut Filiuksen puhelimeen uusimmat sosiaalisen median sovellukset, ja Filius oli tuijottanut puhelinta siitä lähtien haltioissaan. Lopuksi Oili oli vielä kuiskannut Filiukselle, että Juudas oli kuulemma jäänyt suustaan kiinni, mutta tämä oli pyytänyt ilmoittamaan Filiukselle, että he voisivat lähteä joskus muistelemaan menneitä, vaikka pitkäksi viikonlopuksi Sodomaan. Tällöin Filius oli muuttunut hehkuvan punaiseksi ja kävellyt suoraan metroon sanomatta sanaakaan.

Gargoilin heiluttaessa heille ikkunasta ilmaan kajahti Eevan hyvin tuntema piipitys, ja ovet sulkeutuivat. Filiuksen posket punottivat edelleen tämän näpytellessä kiivaasti puhelintaan samalla, kun juna kiihdytti matkaan. Eeva tuijotti ikkunasta heijastuvaa pimeyttä ja huokaisi syvään. Hän yritti tuntea helpotusta siitä, että maailman loppu siirtyisi. Nyt Eeva voisi palata maan päälle, ja... Eeva pysähtyi ajatuksissaan. Huoli maailman tulevaisuudesta oli saanut hänet hetkeksi unohtamaan muut maalliset velvollisuutensa. Aivan ensiksi hänen pitäisi soittaa äidilleen ja ottaa vastaan tämän ikuinen valitus siitä, miten Eeva oli taas itsekkyyttään mennyt pilaamaan mummon syntymäpäiväjuhlat kutsumalla mukaan ystäviään, joiden hevonen oli syönyt pihapuun oksia ja tallonut perennapenkkiä. Eevan miettiessä kannattaisiko hänen yrittää vakuuttaa huoltajaansa siitä, että hevosenlanta oli oikeastaan erinomaista lannoitetta mummon petunioille, vai tyytyä ottamaan haukut tyynesti vastaan, juna putkahti asemalle, jonka Eeva tunnisti metron läntisimmäksi pysäkiksi. Metroon lipui lisää ihmisiä ja Eeva huomasi karhukaisen kadonneen Filiuksen olalta. Filiuksen vakuutettua, että heidän töpselikuonoinen sisaruksensa oli edelleen heidän mukanaan, joskin maanpäällisissä mitoissaan, syventyi Eeva taas järjestelemään tehtävälistaa päässään. Filius olisi saatettava takaisin taivaaseen, Eeva tuumi, joskin vilkaistuaan puhelimen pauloihin uppoutunutta miestä Eeva arvioi, että joutuisi tekemään ensin jonkin verran töitä vieroittaakseen tämän älylaitteestaan. Onneksi taivaassa ei varmasti olisi wifiä, hän lohdutti itseään. Sitten olisi tietysti myös töitä koskeva kysymys, Eeva myönsi itselleen huokaisten syvään. Hän ei todellakaan ollut ajatellut saapuvansa maan päälle, jotta voisi palata takaisin "avoimeen ja vuorovaikutteiseen" avokonttoriinsa naputtelemaan tietokonettaan. Eeva ajatteli hetken kuvaruudun valossa hohtavan helvetin enkelin siluettia ja värähti. Maailmanlopun äkillinen uhka oli saanut hänen työtehtävänsä vaikuttamaan yhtäkkiä täysin merkityksettömiltä. Se, että firman johtaja joutuisi keskeyttämään vuosittaisen Barbadokselle suuntautuneen strategiatyöryhmäretriittinsä hoitaakseen auditointiraportin tarkastuksen, ei yhtäkkiä vaikuttanut lainkaan niin suurelta katastrofilta, kuin miltä Eevasta oli aiemmin tuntunut. Eevahan hitto soikoon kuollut *ja* pelastanut maailman, ei kai häneltä nyt enää voitaisi pyytää enempää, tämä puuskahti. Tosiasia kuitenkin oli, että Eeva oli taas elossa, joten hänen pitäisi ratkaista kuolevaisten ongelmat, kuten asuntolainan lyhennykset ja kirjaston myöhästymismaksut jollain tavalla. Eeva hieroi ohimoitaan. Oliko hän todella itse halunnut vaihtaa taivaallisen mannassa kieriskelyn taloyhtiön energiaremontista kiistelyyn ja excelin ruutujen värittämiseen seuraavaa neljännesvuosikatsausta varten, kunnes kuolema hänet ruumistaan jälleen erottaa? Ja sitten oli toki vielä Eevan alkuperäinen suunnitelma maailman laittamisesta järjestykseen. Eevan hartiat lysähtivät hänen alkaessa hahmottaa tehtävänsä mahdottomuutta. Eeva tunsi itsensä niin kovin väsyneeksi. Aiemmin hän oli kuvitellut maailman onnettoman tilan olevan lähinnä ihmisten oman lyhytnäköisyyden, mukavuudenhalun tai äkkipikaisuuden syytä ja taivaaseen päästyään hän oli kuvitellut ongelman olevan lähinnä jumalien kiinnostuksen puute. Uuden maallisen (ja sen alaisen) vaelluksensa hän oli oppinut, että ihmiskuntaa yritti jatkuvasti paimentaa kaidalle tielle koko helvetin koneisto sekä neljä maailmanlopun ratsastajaa – joskin myönnettävä oli, että kaikkien edellä mainittujen ohjauskeinot vaikuttivat suuntautuvan vahvasti enemmän kepin kuin porkkanan puolelle. Edes Filius oman aikansa rauhaa ja rakkautta levittävänä influensserina ei tuntunut onnistuneen saamaan aikaan juuri muuta kuin taas yhden syyn lisää tappaa, hävittää ja vainota ihmisiä, jotka eivät suostuneet kääntämään toista poskeaan viholliselleen. Miten Eeva oli edes kuvitellut voivansa muuttaa yksin maailman kulun?

Eeva katsoi vastapäätä istuvaa velipuoltaan, joka oli syventynyt kämmentietokoneen ihmeelliseen maailmaan. Hetken ajan Eevan oli vaikea muistaa, miksi hän oli alun perin niin kovasti halunnutkaan pelastaa maailman. Miksi hänestä oli koko hänen elämänsä ajan tuntunut, että hänen *pitäisi* ratkaista muiden ongelmat? Eeva tuntui seisovansa pettävällä jäällä. Jos hän lakkaisi uskomasta, että hän voisi, tai että hänen pitäisi pelastaa maailma, niin kuka hän edes oli? Eeva mietti, muuttuisiko hän taivaallisen isänsä kaltaiseksi hedonistiksi, jota ei tuntunut kiinnostavat tapahtumat oman napansa ulkopuolella, vai seuraisiko hän ihmiskunnan marssia tuhoa kohti lauhkeana kuin veljensä, joka vankkumatonta uskoa siihen, että joku muu kyllä järjestäisi lopulta kaiken parhain päin, ei ollut hetkauttanut edes vihainen väkijoukko. Kumpikaan vaihtoehdoista ei tuntunut oikealta, ehkä siksi, että ne tuntuivat niin kovin helpoilta.

Eevan pitäisi keksiä elämälleen tarkoitus, hän mietti. Ajatus ei toki ollut aivan uusi. Eeva oli pohtinut asiaa aiemminkin tohtori Glaubenstraum-Mättösen kanssa. Eeva oli yrittänyt etsiä elämän tarkoitusta ensiksi kirjastosta lukemalla holokaustista selviytyneen miehen kirjan, joka lupasi kertoa lämpimästi inhimillisyyden voitosta keskitysleirin kauheuksien keskellä ja siitä, miten mies oli löytänyt uudelleen kyvyn iloita ja kokea elämää merkitykselliseksi kokemiensa hirveyksien jälkeen. Eeva oli lukenut kirjaa toiveikkaana. Mies kertoi, että useat keskitysleiriltä selvinneet olivat sairastuneet vapauduttuaan masennukseen, ja usea oli jopa tappanut itsensä – tai ainakin yrittänyt. Tavallinen arki kaikkien kauhujen jälkeen oli vain tuntunut niin merkityksettömältä ja mitättömältä. Eeva oli pystynyt tunnistamaan miehen kuvaileman turruttavan tunteen siitä, ettei millään oikeastaan ollut mitään merkitystä. Mutta jos tämä mies oli selvinnyt sanoin kuvaamattomien kauheuksien keskeltä ja voittanut masennuksensa, niin siihen pystyisi kyllä Eevakin, oli tämä ajatellut. Eeva oli ahminut teosta innoissaan odottaen, mikä olisi suuri paljastus, jonka mies oli kirjan alkutekstissä luvannut. Mikä oli se suuri oivallus, jolla mies oli saanut elämänhalunsa takaisin? Meditointi? Maailman ympäri vaellus? Koiranpentulauman ostaminen? Sähköshokkihoidot ja intensiivinen psykoterapia? Kävi kuitenkin ilmi, että miehen vastaus kaikkiin Eevan esittämiin kysymyksiin oli ollut varsin yksinkertainen: hanki vauva. Eeva oli tuntenut voimakasta halua repiä, polttaa ja heittää kirja (sekä munasarjansa) ikkunasta, kun kirjoittaja oli todennut lyhyesti, kuinka, kärsittyään vuosia masennuksesta, ja toivottomuudesta, taivaat olivat auenneet ja hänen elämänsä saanut merkityksen sillä sekunnilla, kun hän oli katsonut ensimmäistä kertaa vastasyntyneen lapsensa silmiin. Siitä lähtien miehen elämä oli ollut yhtä auvoa ja onnea miehen eläessä päivänsä loppuun rakkaan perheensä ympäröimänä. Eeva leukalihakset olivat kiristyneen tämän miettiessä sarkastisesti, kumpikohan uusista vanhemmista oli hoitanut lapsen yölliset heräilyt ja vaipanvaihdot oksennustaudeista puhumattakaan, mutta torunut itseään tämän jälkeen pikkusieluisuudesta. Olihan mies sentään kestänyt holokaustin kauhut, joten ehkä tasapuolinen vanhempainvapaan käyttäminen oli vielä sen päälle hieman kohtuuton vaade. Eevan sisällä ei kuitenkaan koskaan ollut virinnyt minkäänlaista halua jatkaa geeniperimäänsä, joskin hän oli päätellyt, että ruuhkavuosien etuna saattaisi olla kyllä se, että kaikki hänen tuntemansa pienten lasten vanhemmat olivat kerta kaikkiaan liian kiireisiä ja uupuneita miettimään kysymyksiä elämän tarkoituksesta. Eeva oli kuitenkin päättänyt, että ajoittanen eksistentiaalikriisi olisi kuitenkin pienempi paha kuin kuuden vuoden univaje flunssakierteineen.

Eevan olisi keksittävä elämänsä tarkoitukseksi jotain muuta. Tai ennemminkin – ehkä hän *saisi* keksiä omalle elämälleen jonkin muun tarkoituksen, hän ajatteli kokeilevasti. Ehkä hänen ei tarvitsisi uudelleenkansoittaa eikä myöskään pelastaa koko maailmaa – ainakaan ihan heti. Ehkä hän voisi ensin vaikkapa syödä loppuun mokkapalat, jotka hän oli edellisellä viikolla leiponut ja sitten kuunneltuaan sokerin haittavaikutuksista kertovan podcastin haudannut pakastimensa perukoille. Eevasta alkoi tuntua heti hieman paremmalta. Hän lisäsi tehtävälistalleen myös pitsan syömisen. Sängyssä. Katsoen kaikkein ala-arvoisinta tosi-tv:tä, jonka suoratoistopalvelusta löytäisi, Eeva lisäsi itsekseen ja alkoi muistaa, mitä kaikkea hyvää elämä maan päällä saattoikaan tarjota. Ehkä Eeva yksinkertaisesti soittaisi– tai lähettäisi sähköpostin, hän korjasi suunnitelmaansa realistisemmaksi – maanantaina töihin ja ilmoittaisi ottavansa lopputilin. Hän oli kyllä fiksu ja keksisi jonkun tavan tulla toimeen. Ehkä hän alkaisi burleskitanssijaksi. Tai perustaisi koiranpentufarmin. Eevan sydän alkoi lyödä nopeammin päättäväisyyden virratessa hänen jäseniinsä. Hänhän oli jo kerran kuollut ja ollut aiheuttaa maailmanlopun – mitä pahempaa voisi enää tapahtua, jos hän viimeinkin alkaisi elää sellaista elämää kuin hän itse halusi, eikä sellaista, millaista hän tunsi velvollisuudekseen elää? Eeva hymyili pienesti itselleen. Hän aikoisi tästä eteenpäin tehdä vain asioita, joita todella halusi ja jotka *tuntuivat* hyvältä, sen sijaan, että hän yrittäisi tehdä kaiken oikein. Noh, kirjaston kirjat hän voisi kyllä ensiksi palauttaa. Ja ehkä hän voisi siinä sivussa käydä pari kehittävää keskustelua positiivisista palkitsemismenetelmistä saatanan ja ratsastajien kanssa – mutta heti sen jälkeen, Eeva päätti.

Eevan ajatukset katkaisi hänen jalkojensa vierestä kuuluva haukahdus. Eeva kääntyi katsomaan ja näki mustan, likaisten karvarastojen välistä pilkistävän nenän tuijottavan häntä intensiivisesti. Eeva ehti juuri tunnistaa otuksen Archibald-nimiseksi seuraeläinoletetuksi, kun eläin kääntyi ympäri ja lähti kipittämään kohti liukuovia, jotka olivat juuri avautumassa. Eeva huudahti nopeasti Filiukselle ja lähti luovimaan kohti ovia koiran perässä. He purkautuivat ovesta ihmislauman mukana ja huomasivat seisovansa keskustan pysäkillä.

"Mitä tapahtui?", Filius kysyi häkeltyneenä.

"Se ... koira? Archibald! Sen on täytynyt livahtaa metron kyytiin helvetissä", Eeva selitti ja yritti tavoittaa karvakasaa katseellaan.

"Tule, tuolla!", Eeva hihkaisi ja säntäsi kohti liukuportaita, joita pitkin olento pomppi ketterästi.

Eeva ja Filius kömpivät hengästyneenä ulos liukuportaista. Eeva ei ollut varma oliko hän enemmän huolissaan siitä, että jotain sattuisi koiralle, vai että *koira* sattuisi jollekin, mutta hän ei myöskään halunnut ottaa asiasta selvää. He olivat saapuneet kauppakeskuksen aulaan, jossa risteili ihmisiä. Eeva ja Filius pälyilivät ympärilleen.

"Katso, Karkuri plus -gps-panta auttavat sinua pitämään karvaisen kumppanisi sijainnin aina sormiesi ulottuvilla", Filius näytti Eevalle innostuneena mainosta, joka oli ponnahtanut hänen puhelimensa näytölle.

"Vastaa nopeaan kyselyyn ja voita vuoden kokeilu! Mikä onnenpotku", Filius jatkoi ja syventyi naputtelemaan puhelintaan orkidean sisältävä kahvikuppi yhdestä sormesta roikkuen.

Eeva pyöritti silmiään.

"Mikä on luot-to-kor-tin tun-nus-lu-ku?"

"Anna se tänne!"

Eeva oli juuri kurottamassa puhelinta, kun kuuli haukahduksen ulko-ovien suunnalta.

"Tännepäin!" hän lähti äänen perään.

Jennican ensimmäinen työpäivä ei ollut alkanut niin kuin hän oli kuvitellut. Hän ei ensinnäkään ollut kuvitellut, että hänen käyttäisi töihin tultuaan ensimmäisen vartin hyvin huonolla tuulella olevan esihenkilönsä tiukan katseen alla hinkkaamalla pois liilaa kynsilakkaa, jolla hänen serkuntyttärensä oli edellisenä iltana vaatinut saada maalata kummitätinsä kynnet, mutta joka ei sopinut kahvilan "esteettiseen brändikokemukseen". Seuraavaksi Jennica oli oppinut, ettei hän, kuten hän oli erheellisesti luullut, ollut tullut tarjoilijaksi kahvilaan, vaan "elämysmahdollistajaksi" Kahvi&Pulla -perheeseen (joskin mainittua yrityksen oikeaa, 80-luvulta periytyvää nimeä oli ehdottoman kiellettyä käyttää muussa kuin yhtiön sisäisessä viestinnässä). Seuraavaksi Jennica oli saanut pikakurssin kassajärjestelmän käytöstä ja "elämystoiveiksi" kutsuttujen tilausten vastaanotosta, sekä lupauksen siitä, että jos hän suoriutuisi koeajastaan hyvin, saatettaisiin hänet kouluttaa "virvoitusmahdollistajaksi", jolla oli etuoikeus toteuttaa brändikumppaneiden elämystoiveita nestemäisten ja kofeiinipitoisten juomien muodossa.

Jennican päivä oli pitkälti tiskikoneen äärellä, kunnes hän oli esihenkilönsä hyväksyvän nyökkäyksen saattelemana saanut tehtävän kuljettaa ensimmäiset virvoituselämyksen brändikumppanin pöytään. Niinpä Jennica poimi lastatun tarjottimen virvoitusmestarilta (nyökäten tälle kunnioittavasti), loihti kasvoilleen asiakaspalveluhenkisimmän ilmeensä ja käveli kohti hänelle osoitettua pöytää. Jennica asui kaupungin boheemeimmassa (tai rähjäisimmässä, riippuen keneltä kysyi) kaupunginosalta, joten hän ei ihmetellyt eriparista seuruetta, johon kuului pieni vanha nainen, metsurin ja motoristin risteytyksen näköinen mies, sekä kaksi naista, joista toinen oli pukeutunut kirkkaan kliinisen valkoiseen pitkään takkiin, kun taas toinen oli tumma ja koonnut hiuksensa värikkäällä liinalla turbaaniksi. Jennica puristi tarjotinta kädessään ja laski hitaasti seurueen pöytään tilauksen (kolme kahvia ja yksi kirkastettu sitruunavesi) ja oli ollut juuri toivottamassa saamiensa mukaan antoisaa virvoke-elämystä, kun pieni ryppyinen nainen kohdisti kirkkaan siniset silmänsä Jennicaan ja kysynyt, missä tassi oli. Jennica oli arvellut kuulleensa väärin, sillä hän ei muistanut lukeneensa saamastaan perehdytysoppaasta mitään tassista. Jennica ymmärsi saamansa koulutuksen pohjalta, että nyt kyseessä oli mahdollisuus ”kasvudialogiin”, missä Jennican tehtävä oli selvittää yhdessä brändikumppanin kanssa kumppanin visualisoima toivetila ja kasvaa tämän kanssa yhdessä kohti tätä heidän yhdessä luomaansa tavoitetta. Tilanne vaati perehdytysoppaan mukaan ”täydellistä läsnäoloa” ja ”mielen avaamista ennakkoluulottomalle dialogille”, joten Jennica katsoi naista silmiin, hengitti syvään ja kosketti naista kädestä valmiina kumppanilähtöiseen elämyskokemuksen avaamiseen, kun maailma yhtäkkiä pimeni.

”Voi Agatha, aina töissä”, kuului vaimea ääni Jennican vasemmalta puolelta.

”*Se* koski *minua*”, vanha nainen jupisi työntäen kätensä puuskaan.

Jennican näkökenttään alkoi hiljalleen ilmestyä kultaisia hiutaleita. Hän siristi silmiään, kuten oli tehnyt lapsena katsoessaan siskonsa joululahjaksi saamastaan kirjasta kaleidoskooppimaisia kuvia, jotka näyttivät ensin vain harmaalta tai värillisclä sumulta, mutta joista oikealla tavalla katsottuna avautui yhtäkkiä kolmiulotteisen näköisiä. Pienenä Jennica ei koskaan saanut koko maisemaa näkyviin ja osa kuvasta oli aina yhtä litteää mössöä. Ääreisnäkönsä nurkasta hän oli kuitenkin pystynyt hahmottamaan kirjan sivulta esiin nousevan kalan pyrstön tai kaupungin siluetin reunan. Hän oli ollut tavattoman kateellinen siskolleen, joka oli ihastellut kovaan ääneen vaikeampia kuvioita, jotka hän näki muutamassa sekunnissa, ja joista Jennica ei ollut onnistunut saamaan esille ensimmäistäkään, vaikka hän painoi naamansa kiinni kirjaan niin kovaa, että hänen nenäänsä tarttui mustetta. Harmistuksissaan Jennica oli kostoksi käynyt nuolemassa kaikista siskon lahjaksi saamista vihreistä kuulista sokerikuorrutteen pois. Jälkeenpäin ajateltuna tempaus ei ehkä ollut viisain teko – etenkin kun myöhemmin selvisi, että sisko inhosi vihreitä kuulia, ja oli antanut rasian eteenpäin lahjaksi käsityönopettajalleen hyvitykseksi siitä, että oli käynyt salaa leikkaamassa opettajan pöydällä olleesta käsityölehdestä erään pitkähiuksisen neulemallin kuvan ja ripustanut sen seinälleen.

Jennica siristi silmiään toistamiseen, ja aivan yhtäkkiä, hänen eteensä avautui koko maailma. Jennica henkäisi ällistyneenä. Hän näki edelleen kahvilan ääriviivat ympärillään, mutta kaikki hänen näkemänsä koostui ikään kuin kultaisen valopölyn muodostamista säikeistä. Kultainen valo maalasi huoneen ja ihmisten ääriviivat esiin kuin kultaisista ohuen ohuista valolangoista muotoillun taulun, joka virtasi hiljaa kultaista valoa. Kimalteinen valo virtasi läpi kaiken olemassa olevan. Valo piirsi heikosti esiin huoneen ja tavaroiden ääriviivat ja näytti ikään kuin kasaantuvan ihmisiin ja kasveihin. Se nousi pitkin ulkona kasvavan puun runkoa, haarautui oksista valuen niiden kärjistä maahan ja jäi ihmisten kohdalla paksuiksi kultaisiksi pyörteiksi. Vaikutti aivan kuin aivot tai ehkä tietoisuus keräsivät valoa puoleensa vangiten sen hohtaviksi sedimenteiksi ajattelevien ihmisten sisään. Siinä missä valo oli virtasi lähes hidastumatta seinien kohdalla ja muuttui pöydän alla kipittävän muurahaisen kohdalla paksuksi kuin hunaja, kerääntyi valoa tuolin vieressä itseään rapsuttavaan koiraan huomattavasti enemmän, saaden tämän etuosan hohtamaan kuin palloksi keritty jouluvalonauha. Sitäkin enemmän valoa kerääntyi ihmisiin. Ihmisen kehoista myös lähti ja siihen ylhäältä laskeutui pieniä valon hiutaleita, kuin kimmeltävää hilsettä, joka pian yhtyi valon kaiken läpäisevään virtaan. Jennica nosti oman kätensä kasvojensa eteen ja näki pienten valohiukkasten kohoavan ylös kultaisen valon piirtämältä kädeltään.

"Minä en saanut muffinssia. Minä tilasin muffinssin.", kuului haaleana kaikuna Jennican viereltä tämän ihaillessa ympärilleen avautuvaa valoa.

"Tästä syntyy varmasti taas haloo. Tiedäthän miten ihmiset kokevat elottomat vartalot epämukaviksi"

"Vain oman heimonsa", hieman matalampi himmeä ääni jatkoi, "mikään ei luo yhteishenkeä niin kuin tikun nokkaan asetettu vastustajan pää".

Jennica ei välittänyt äänistä tai hänen ympärillään liikkuvista ihmismuotoisista kultaisista hahmoista. Hän tunsi itsensä painottomaksi. Hän halusi nähdä lisää ja työnsi kevyesti itsensä leijumaan ylöspäin. Liike sai aikaan valopölyn pyörteen hänen ympärillään, aivan kuin hän olisi noussut merenpohjan hiekasta ylös.

"Agatha, voisitko millään...", kuului heikko ääni Jennican alta tämän kohotessa katon läpi hänen allaan tiivistyvien valohenkilöiden yli.

Mutta Jennica tuskin rekisteröi ääniä. Hän tunsi mielensä ja olonsa niin kovin kevyeksi ja ihmetyksen täyttämäksi. Hän työntyi läpi katon samalla kun yhä suurempi osa hänen kehonsa muodostaneesta valopölystä hajosi leijumaan ilmaan. Jennica saapui katon läpi huoneeseen, jonka hän heikosti tunnisti samassa rakennuksessa toimivaksi sairaalaksi. Huoneessa Jennica hahmotti ihmishahmoja, jotka makasivat sängyssä. Jessican lipuessa rauhallisesti yhä ylöspäin yksi sängyssä makaavista ihmisistä oli alkanut hitaasti purkautua. Jennica katseli, kun ihmisen ääriviivat alkoivat hitaasti mutta vääjäämättömästi hajota, kuin veden alle jäänyt hiekkalinna. Jossain osassa Jennicaa häivähti muisto surusta, joka laimeni pian kultahehkuiseen pehmeyteen. Jennica huomasi, että ihmisen ääriviivojen sulaessa hiljaa, ihmisen sisältä, kohdasta, jossa valo oli ollut kirkkainta, paljastui esiin hohtavia valokiteitä, kuin pohjalle jäänyttä hohtavasta kultavirrasta koostunutta sakkaa. Osa pienemmistä jyvistä oli lähtenyt soljumaan kaikkialla pyörteilevän virran mukana eteenpäin, liueten osaksi kaikkialla virtaavaa valoa, mutta osa isommista kiteistä lähti nousemaan hitaasti ylöspäin, kuin veden läpi uppoava lehti, jättäen hitaasti hohtavan valojuovan jälkeensä. Jennica kurotti ihaillen koskettamaan hänen kanssaan hitaasti ylöspäin kohoavaa kidettä kädellään, joka koostui enää hyvin ohuesta valojuovien verkostosta, kun hän kuuli vierestään äänen.

"Toisten sieluja ei ole kohteliasta lääppiä"

Jennican leijuminen pysähtyi ja hän jäi katsomaan valokiteiden nousua samalla kun hänen ajatuksensa kokoontuivat hitaasti käsittelemään kuulemaansa.

"Eikä toisia ihmisiä muutenkaan", ääni jupisi itsepintaisesti.

Jennicasta tuntui kuin hänen ajatuksensa olisivat tahmeaa kuin paksu hunajainen, hänen ympärillään leijuva valo. Hän ei halunnut kuunnella ja ajatella, hän tunsi sen sijaan halua liueta pehmeän valon syleilyyn. Jokin kuitenkin oli tarttunut häneen ja veti häntä päättäväisesti alaspäin kuin ankkuri.

"Noniin, sinulla on vielä muffinssi haettavana. Sellainen, missä on erityisen isoja suklaapaloja kuulemma. Sekä kunnollinen tassi, ei tässä mitään hummia juottokaukalolla kuitenkaan olla", ääni jatkoi kiskoen Jennicaa läpi lattian takaisin kahvilaan.

Jennica yritti ojentaa kättään kohti ylös leijailevaa valoa, mutta vastustamaton voima painoi hänet maahan, ja sitten kaikki pimeni, aivan kuin joku olisi himmentänyt kaiken hänen ympärillään leijailleen valon. Kun hän alkoi taas nähdä ympärilleen, hän huomasi makaavansa lattialla hänen nelivärisen esihenkilönsä närkästynyt hahmo yllään.

"Tytöllä on varmaan matala verensokeri. Muffinssi varmaan auttaisi asiaa. Ja kunnollinen tassi. Kolmella sokeripalalla. Kiitos.", Jennica kuuli vanhan naisen äänen yläpuoleltaan.

Brändikumppanin ravintotoiveen aistiminen sai Jennican esihenkilön oitis vaihtamaan tyytymättömän huolestuneen ilmeensä iloiseen hymyyn.

"Tottakai. Olen kovin pahoillani. Tuota pikaa", esihenkilö sirkutti auttaen Jennican lattialta pystyyn.

Jennica pudisti päätään. Hetken hänen näkökenttänsä rajalla tanssi vielä pieniä kultaisi hiutaleita, mutta ne haalenivat nopeasti samoin kuin äsken niin elävänä hänen mielessään ollut muisto kultaisista valovirroista. Hän oli varmaankin vain pyörtynyt ja uneksinut, Jennica päätteli kävellessään huterasti tiskiä kohti. Hänen esihenkilönsä oli ehtinyt jo kasata tiskillä uuden tarjottimen, millä komeili kaksi suklaamuffinssia, keko sokeria ja kakkulautanen. Esihenkilö työnsi päätään pudistelleen yhden muffinssin Jennican kouraan suhahtaen, että tämän pitäisi istua, kunnes olisi taas asiakaskontaktivalmis.

Jennica istahti pyörällä päästään pöytään ja oli juuri paremman tekemisen puutteessa puraisemassa palan muffinssia, kun hän tunsi märän tönäyksen nilkassaan. Hän kumartui katsomaan ja näki maassa pienen likaisen mopin, jonka päästä erottuva musta kuono tuijotti herkeämättä muffinssia ja haukahti vaativasti.

"Kappas, katsokaa ketkä sieltä saapuvat", Tauti totesi sointuvalla äänellään Eeva ja Filiuksen hölkätessä puuskuttaen kahvilaan.

Kookas nelikko oli asettautunut pienen pyöreän pöydän ympärille. Kuolema heilutteli jalkojaan, jotka eivät yltäneet maahan asti, ja ryysti äänekkäästi kahvia reunalliselta lautaselta, kun taas Nälänhätä noukki suuhunsa paloja muffinssista. Sota oli nostanut syliinsä rähjääntyneen villamattorullan, joka haukahti tyytyväisenä Eevan ja Filiuksen saapuessa paikalle.

"Hei", Eeva tervehti ratsastajia ja tasasi hengitystään. "Me kävimme helvetissä ja löysimme Antikristuksen, ja..."

"Sepä ystävällistä", Tauti totesi.

"Tulitteko metrolla? Rontti ei yleensä suostu nousemaan sen kyytiin yksin", Sota jatkoi rapsuttaen sylissään tuhisevaa eläintä.

"Se, tuota, tuli mukaan vahingossa", Eeva selitti. "Meidän pitäisi varmaan palauttaa se, ennen kuin, tuota, sitä aletaan kaivata."

"Sehän on kovin ystävällistä. Pitäisikö meidän sitten ratsastaa heti?", Sota jatkoi.

Tauti ja Nälänhätä nyökkäsivät ja nousivat tuoleiltaan. Kuolema tunki suuhunsa nopeasti nälänhädän lautaselleen jättämän muffinssin lopun ja iski Eevalle silmää.

"Minä käyn hakemassa auton, tavataan risteyksessä", Tauti huikkasi ja nyökkäsi päätään aukion toisella laidalla häämöttävään päätiehen viitaten.

"Mutta ette te voi ratsastaa ilman Antikristusta! Me puhuimme hänen kanssaan, ja ....", Eeva parahti hädissään.

Ratsastajat pysähtyivät ja katsoivat Eeva kummeksuen. Sodan sylissään pitelemä karvakasa haukahti.

"Tyttö puhuu ihan höpöjä vai mitä?", Sota sanoi leperrellen koiralle, joka alkoi kirputtaa itseään.

"Archibald on Antikristus", Nälänhätä selvensi Eevalle alentuvasti.

Koira Sodan sylissä murahti.

"Tiedät, ettei Rontti pidä siitä nimestä", Sota moitti Nähänhätää. "Ethän ronttipontti", Sota jatkoi lepertelyä koiralle.

"Tuo *kirppukasa* on Antikristus", Nälänhätä korjasi.

Eeva tuijotti koiraa kauhistuneena.

"Mutta…"

"Antikristus on Filiuksen peilikuva. Filius on Jumalan poika, ja antikristus taas on ikään kuin Luciuksen, siis Saatanan poika", Tauti selitti rauhallisesti.

"Kuka on kiltti karvavauva-hauva", Sota leperteli ja nosti innokkaasti tuhisevan otuksen naamalleen.

Nälänhätä irvisti.

"Ei hän tietenkään Paholaisen biologinen lapsi ole", Tauti selitti.

"Niin kuin ei Filikään", Sota lisäsi puolustelevasti.

"Jumala ajatteli, että olisi hyvä, jos Lucilla olisi joku pitämässä seuraa. Erityisesti sen viimeisen … episodin jälkeen", Tauti jatkoi.

Eeva tuijotti ratsastajia ja Sodan partaa kokeilevasti näykkivää Antikristusta epäuskoisena. Hän kelasi mielessään läpi helvetin tapahtumia. Langennut enkeli oli sanonut heille olevansa Antikristus… vai oliko? Muistikuvat keskustelusta palasivat pätkittäin hänen mieleensä ja lamauttava totuus valui Eevan selkärankaa pitkin kuin alijäähtyneen veden vesiputous, jähmettäen hänet paikoilleen. He olivat tuoneet Antikristuksen maan päälle.

"Noh, joutuuko se maailmanloppu vai ei?", viimeiset kahvit lautaselta imaissut Kuolema tokaisi.

Ratsastajat alkoivat mutista hyväksyvästi ja Tauti lähti astelemaan kohti läheistä parkkihallia muiden ratsastajien suunnatessa kohti päätietä. Eeva tuijotti lamaantuneena heidän peräänsä. Filius taputti Eevaa lohduttavasti olalle.

"Älä huoli. Kaikki kuuluu varmasti isämme suunnitelmaan."

Eeva ei ollut varma kuvitteliko vain asian, vai oliko Filiuksen äänessä kuulunut aavistus epäilyä. Hän loi katseen Filiuksen kädessään pitelemään orkideaan, jonka kaikki pilkut tuijottivat Eevaa ilmentäen täydellistä "Mitäs minä sanoin" -ilmettä. Eeva siirsi katseensa kohti päätietä. Ratsastajakolmikko oli saapunut jo päätietä halkovaan risteykseen. Sota oli kaivanut kadun varteen parkkeeraamansa moottoripyörän sivulla olevasta laukusta pienen kypärän ja sovitteli sitä Antikristuksen päähän. Hieman sivummalla Nälänhätä hätisti liikennemerkkiin sidotun Möllin ympäriltä laumaa nuoria tyttöjä, jotka räpsivät selfieitä hevosesta innon kiljahdusten saattelemana.

Eeva katseli näkyä turtana. Ajatukset ravasivat hänen päässään. Hän oli yrittänyt estää maailmanlopun ja onnistunut vain poistamaan sen edestä viimeisetkin esteet. Olisiko koko maailmanloppua edes ollut, jos Eeva olisi vain päättänyt katsella tapahtumia sivusta? Olisiko maailma pelastunut, jos hän ei olisi edes *yrittänyt* tehdä mitään? Olisiko hänen pitänyt vain luovuttaa, ja kohauttaa harteitaan lähestyvän tuhon edessä?

Eeva puristi kätensä nyrkkiin. Ei. Hän ei luovuttaisi. Hän oli kolunnut läpi taivaan ja helvetin. Hän oli katsonut Jumalaa ja Paholaista silmästä silmään (tai noh, ainakin kasvoihin). Hän oli kirjoittanut kymmenen käskyä uudelleen ja nähnyt Antikristuksen. Hän oli jopa kestinnyt sukulaisia ja tuttavatätejä tuntikausia hymyillen nätisti ja vaikka hän ei ollut saanut vieläkään palautettua kirjaston kirjoja, niin ja hän piru vieköön estäisi tämän maailmanlopun, vaikka se olisi hänen viimeinen tekonsa.

Eeva ponnahti ylös ja lähti juoksemaan ratsastajia kohti Filiuksen hölkätessä hämmentyneenä perässä. He saavuttivat ratsastajat juuri kun Sota oli asettelemassa Antikristusta moottoripyöränsä selkään. Kuolema seisoi jo skootterinsa vierellä malttamattomana ja Nälänhätä oli juuri kiipeämässä läheisen sähkökaapin päälle yritettyään ensin Kuoleman rohisevan hihityksen säestämänä ponnistaa Möllin selkään maasta käsin laihoin tuloksin.

Eeva katseli hätääntyneenä ympärilleen, yrittäen keksiä jotain, *mitä tahansa*, mikä estäisi ratsastajia nousemasta satuloihinsa. Hänen täytyisi saada heidät kuuntelemaan. Hänen täytyisi saada heidät *ymmärtämään*, että maailma oli pelastamisen arvoinen. Silloin hänen silmänsä osuivat Sodan pyörän virtalukkoon, josta roikkui (*"ironisesti"*, huomautti Sota kaikille asiaa ihmetteleville) vaaleanpunaisen rauhanmerkin muotoinen avaimenperä. Eeva ei kuitenkaan ehtinyt miettiä asiaa pidemmälle, vaan säntäsi nopeasti pyörän luo ja vetäisi avaimen lukosta.

"Hei, mitä sinä teet?", kysyi Sota suoristautuen katsomaan Eevaa.

"Anteeksi, mutta teidän täytyy ymmärtää. Ette voi aloittaa maailmanloppua!", yritti Eeva anoa astellen varovasti ratsastajasta kauemmas avaimet kädessään.

"Mitä täällä tapahtuu?"

Mölli asteli rauhallisesti paikalle Nälänhätä selässään.

"Te ette ymmärrä! Maailmassa on niin paljon pelastamisen arvoisi asioita. Niin kuin vaikka…" Eeva katsoi apuapyytävästi Filiusta.

"Noh, tämä läpykkä on aika hauska. En ole tosin aivan varma, miten näitä kaikkia pelataan", Filius esitteli puhelinta, joka vaikutti olevan ollut liimattu messiaan käteen heidän helvetistä poistumisensa jälkeen. "Tämä tinder esimerkiksi…"

Eeva tuijotti hetken Filiusta mykistyneenä.

"Älä. Avaa…", Eeva yritti kurottaa puhelinta Filiuksen kädestä.

"Annahan ne avaimet nyt tänne."

Sota oli laskenut Antikristuksen maahan ja käveli kohti Eevaa. Eeva katseli ympärilleen hädissään. Hän astahti askeleen taemmas ja huomasi jalkansa kolahtavan johonkin. Eeva katsoi alas ja huomasi astuneensa hieman lonksuvan sadevesiviemärin kannen päälle. Sanaakaan sanomatta Eeva kumartui äkkiä ja työnsi avaimet kannen raosta sisään.

Sota seisahtui paikalleen ja katseli Eevaa vihaisena. Tämä ei näyttänyt enää lainkaan leppoisalta. Eeva värähti ja pakitti vaistomaisesti kohti Filiusta. Sodan päällä oleva nahkatakki vaikutti kutistuvan tämän yllä ratsastajan rintakehän alkaessa paisua.

"Kuule, olen pahoillani, mutta ette te *voi* tuhota maailmaa!", Eevan ääni kuulosti piipitykseltä Sodan kasvavan raivon edessä

"MITÄ", Sota jylisi.

Nälänhädän hevonen pärskähti hermostuneena ja alkoi astella taaksepäin.

"SINÄ"

Sodan silmiin syttyi punahehkuinen hohde ja tämän parta alkoi kyteä hiljaa.

"OLET"

Sodan kädet puristuivat nyrkkiin ja tämä otti askeleen lähemmäs Eevaa, joka yritti vaistomaisesti kutistua Filiuksen olkapään taakse.

”TEH…”

”Noniin, rauhoituppas nyt iso mies.”

Kuolema oli kivunnut harvinaisen ketterästi alas ratsultaan ja kurottanut tarttumaan kiinni Sodan partakarvoista.

”AUTS” Sota loi tuliset silmänsä Kuoleman

”Muistatko, mitä kävi viimekerralla?”

Kuolema veti vaivattomasti Sodan kasvot tasalleen, jolloin tuli Sodan silmissä alkoi hiipua.

”Se pahuksen hamsteri oli syönyt minun suosikki…”, Sota puhisi.

”Muistatko mitä sitten lupasit?”, Kuolema tiukkasi ja päästi irti Sodan parrasta.

Sota näytti kutistuvan entisiin mittoihinsa. Ratsastaja katseli jalkoihinsa ja potkaisi maata mumisten hiljaa

”Mitä lupasit silloin tyttärellesi?”, Kuolema jatkoi.

”Että käytän ensi kerralla sanojani, kun suutun”, Sota sanoi ärtyneenä.

”Hyvä.”

”Ja sen ylikasvaneen gerbiilin vieminen terapiaan oli muuten aika kallista”, Sota mutisi.

Kuolema nyökkäsi ymmärtäväisesti ja taputti Sotaa kädelle. Sota huokasi vastahakoisesti.

”Minua harmittaa, kun heitit avaimeni viemäriin”, Sota sanoi luoden vihaisen mulkaisun Eevaan.

” Oikein hyvä. Ja sinä nuori neiti”, Kuolema sanoi kääntyen Eevan puoleen ja nosti sormensa ylös.

Eeva nielaisi. Jotain Kuoleman eleessä pelotti häntä vielä enemmän kuin Sodan silmissä palaneet liekit.

"Soo soo", Kuolema heilutti sormeaan toruvasti.

Eeva tuijotti liikkumatta Kuolemaa, kunnes tämä taas kääntyi ja kipusi takaisin skootterinsa kyytiin.

"Mitäs täällä tapahtuu?", Tauti kurvasi teiltä jalkakäytävälle autollaan. "Onko kaikki valmista?"

Nälänhätä pudisti ärtyneenä päätään.

"Tuo ihmislapsi heitti Marcuksen avaimet viemäriin."

Sota nosti Antikristuksen syliinsä ja loi toisen syyttävän mulkaisun Eevaan.

"Me emme voi ratsastaa ilman moottoripyörääni", Sota sanoi rapsuttaen koiran turkkia.

Tauti nousi ulos autostaan ja huokaisi syvään. Hän loi arvioivan katseen Eevaan, joka aukaisi suunsa, ja sulki sen sitten.

"Hmm", Tauti sanoi ja katseli hetken ympärilleen.

"Kuulkaa, minun pitää palauttaa Mölli kahden tunnin kuluessa, aiommeko ratsastaa vai emme?"

Tauti ei vastannut, vaan asteli reippaasti joukkion läpi tien varteen, jonne oli pysäköity keltaisia kaupunkipyöriä. Hän kaivoi puhelimen taskustaan ja naputteli sitä hetken, kunnes yksi pyöristä piippasi kuuluvasti. Tauti tarttui pyörää sarvista ja talutti sen Sodan luokse.

"Tässä."

Sota katseli pyörää epäillen.

"Se on keltainen."

"Mutta siitä on oma kori Antikristukselle, joka varmasti tykkäisi ratsastaa kerrankin edessä", Tauti suostutteli.

Sodan sylissä oleva eläin haukahti ja heilutti häntäänsä.

"Noh, hyvä on", Sota myöntyi ja laski Antikristuksen tunnustelevasti koriin ja asettui itse vastentahtoisesti pyörän selkään.

"Jihuu", Kuolema hihkaisi ja painoi skootterinsa kaasua. Ajokki nytkähti liikkeelle ja alkoi rullata hidasta kävelyvauhtia kohti tietä.

Myös Nälänhätä ohjasti hevosensa kohti tien reunaa Taudin kivutessa takaisin autoonsa. Sota mutisi jotain partaansa ja työnsi pyörän liikkeelle.

"Mutta...", Eeva yritti heiveröisesti ratsastajien asettuessa tööttäysten ja kiroilun tahdittamana liikennevaloihin seisahtuneen liikenteen joukkoon.

"Te ette voi...", Eeva sanoi heiveröisesti enimmäkseen itselleen.

Kuolema rullasi viimeisenä riviin Sodan rinnalle. Kaikki neljä ratsastajaa seisoivat rivissä keskellä nelikaistaista autotietä. Reunimmaisena oli Tauti autossaan. Tämän vieressä seisoi Nälänhätä ratsunsa selässä.

"Minun olisi pitänyt nostaa tätä pahuksen satulaa", valitti Sota.

"Maailmanlopun ratsastajat!", Kuolema hihkui. "Eteenpäin".

Liikennevalo vaihtui vihreäksi. Eeva yritti huutaa. Hän yritti juosta, hän yritti kirkua, hän yritti tehdä mitä tahansa. Mutta, jouduttuaan Kuoleman sinisten silmien toruvan katseen kohteeksi, tai kenties vain tajuttuaan tilanteen toivottomuuden, hän kehonsa ei liikahtanutkaan. Eeva katseli, miten aivan kuin ymmärtäen tilanteen merkityksellisyyden, auringon eteen tuli yhtäkkiä suuri tumma pilvi, jonka raosta yksi juhlallinen valonsäde paistoi suoraan maailmanlopun ratsastajiin näiden painaessa kuin hidastetusti ratsujensa pohkeita, kaasua tai polkimia. Tuulenpuuska nosti Nälän ratsun harjaksia ja pöllytti Antikristuksen turkkia. Ilmoille kajahti valtaisa torvien soitto ratsastajien takana olevien peltilehmien kuskien painaessa kuin sovitusta merkistä äänitorviaan. Eeva pidätti hengitystään. Tämä se oli. Maailmanloppu.

Sitten, kuin tarkkaan harjoiteltuna koreografiana, kaikki ratsastajat lähtivät liikkeelle yhtenä rintamana torvien soidessa ja auringon kimmeltäessä ratsuista. Aika vaikutti hidastuvan, kun ratsastajien rintama lähti lipumaan eteenpäin. Tosin hetken kuluttua Eeva tajusi, että tämä johtui siitä, että ratsastajat etenivät niin hitaasti, että hänen reumatisminen isotätinsäkin olisi ehtinyt ohittaa seurueen rollaattorillaan. Seurue lipui juhlavana saattueena risteyksen poikki ja pysähtyi.

Eeva räpytteli silmiään. Sota yritti paiskata kättä Kuoleman kanssa, joka tulkittuaan eleen väärin heilutti tälle iloisesti. Nälänhätä ohjasi ratsunsa tien sivussa olevalle sähkökaapille ja kipusi maahan Sodan työntäessä oman ratsunsa katukiveyksen yli jalkakäytävälle ja palaten sitten vetämään Kuoleman skootteria perässään. Tauti jatkoi tietä eteenpäin, ja teki sitten liikenteenjakajan kohdalla u-käännöksen ja kaarsi takaisin tien toiselle puolelle sinne, mistä he olivat lähteneet parkkeeraten autonsa jalkakäytävän reunaan. Eeva katseli hämmästyneenä, kun Sota, Kuolema ja Nälänhätä juttelivat iloisesti risteyksen toisella puolella odottaen valojen vaihtumista vihreäksi.

Valojen vaihduttua kolmikko palasi takaisin lähtöpaikkaansa, jonne myös Tauti saapui jalkaisin puikkelehtien liikenteen välistä. Eeva katseli äimistyneenä, kun nelikko puheli toisilleen iloisesti.

"Olipa se jännittävää!", Kuolema hihkui.

Nälänhätä taputti tyytyväisenä mukanaan taluttamaansa ratsuaan.

"Sinun pitää työntää se telineeseen kovaa. Odota, että siitä kuuluu piippaus", ohjeista Tauti Sotaa, joka käveli kohti pyörän palautusasemaa Antikristus vielä korissa istuen.

"Meidän pitäisi tehdä näin useamminkin", Sota huikkasi iloisesti.

"Mitä tapahtui?", Eeva sai viimein suustaan.

Tauti katsahti häntä kysyvästi.

"Me aloitimme maailmanlopun", hän selitti kuin vähä-älyiselle

Eeva tuijotti ratsastajien joukkoa sanattomana. Hän ei ollut aivan varma, mitä hän oli maailmanlopulta odottanut. Ehkä taivaan ja maan avautumista. Taivaallista sotajoukkoa. Tulisten kivien sadetta. *Jotain.* Mutta maailma vaikutti olevan täysin entisellään ja liikenne nytkähteli eteenpäin tiellä hänen edessään kuin ennen maailmanloppua konsanaan.

"Mutta... missä se on?", hän kysyi epäröivästi.

"Mikä?", Tauti kysyi Sodan astellessa heidän luokseen.

"Maailmanloppu."

"Kuulehan", Nälänhätä sanoi, "me aloitimme maailmanlopun. Sen lopettaminen on jonkun muun heiniä."

Tauti ja Kuolema nyökyttelivät.

"Mutta sinun", Sota asteli Eevan viereen ja löi käden tämän olkapäälle. "kannattaa onkia minun moottoripyöräni avaimet esiin, tai sinun henkilökohtainen maailmasi saattaa loppua hyvinkin pian", Sota virnisti Eevalle, joka yritti vetää suutaan pakonomaiseen hymyyn.

"Kunhan vitsailin, täytyy vain hakea vara-avaimet", Sota sanoi läimäyttäen Eevaa hartioihin.

"Minä voin antaa sinulle kyydin", Tauti sanoi.

"Ah, se olisi kovin ystävällistä. Hei sitten Ronttilainen", Sota kumartui rapsuttamaan häntäänsä viuhtovaa Antikristusta.

"Mutta mitä seuraavaksi tapahtuu?", Eeva kysyi ymmärtämättä täysin vieläkään mitä oli oikeastaan tapahtunut.

Sota suoristautui ja kääntyi kohti Eevaa.

"Noh, tarkkoja ennustuksia ei ole ollut enää Virtanen–Korhosen poismenon jälkeen. Yleisimmät arvaukset ovat viimeinen tuomio, erilaisia vitsauksia…"

"Filiuksen tuhatvuotinen valtakunta", Tauti lisäsi.

"Niin, miltäs kuulostaa?", Sota jatkoi iskien Filiukselle silmää.

"Mutta", Eeva yritti saada ajatuksiaan kasaan, "milloin maailma siis *loppuu?*"

"Te kuolevaiset olette niin kovin kiintyneitä *aikaan*", Nälänhätä huokaisi pyöritellen silmiään.

"Noh, aurinko räjähtää viimeistään viiden biljoonan vuoden päästä, että se on aika hyvä deadline. *Kirjaimellisesti*", Sota totesi ja katsoi innostuneena kuuntelijoita.

"Tajusitteko? Dead-line?"

Tauti hymyili väkinäisesti.

"Tosin ihmiskunta on ajamassa planeetan hyvää vauhtia elinkelvottomaksi jo ennen sitä", Nälänhätä totesi tylysti.

Muut ratsastajat nyökyttelivät.

"Noin seitsemän vuoden päästä ilmakehä on lämmennyt jo kaksi astetta. Minä antaisin enintään viisitoista vuotta", Tauti arveli kurtistaen kulmiaan.

"Eli… Onko maailmanlopun aloittamisella siis oikeastaan mitään … merkitystä maailman loppumisen kannalta?", Eeva muotoili.

"Totta kai", Sota tuhahti

"Tietysti", Tauti jatkoi

"Hah", Nälänhätä tuhahti.

"Eipä oikeastaan", Kuolema totesi hilpeänä.

Hiljaisuus laskeutui hetkeksi seurueen ylle.

"Mutta onhan se tietysti *kunnollista*, että maailmanloppu alkaa ennen kuin maailma loppuu", Kuolema lientyi saaden aikaan myöntyvää mutinaa ja pontevia nyökkäyksiä ratsastajatovereiltaan.

"Noh, tämä oli hauskaa, mutta minun täytyy lähteä", Nälänhätä totesi hetken kuluttua ja heilautti kättään hyvästiksi.

"Otetaan taas joskus uusiksi!", Sota huikkasi heidän poistuessa Taudin kanssa kohti tämän autoa.

Kuolema heilutti kaikille iloisesti ja kipusi skootterinsa selkään ja alkoi huristaa maltillista kävelyvauhtia ostoskeskuksen suuntaan.

Eeva ja Filius jäivät seisomaan hiljaisuudessa kadulle. Eeva lysähti katukiveykselle istumaan. Filius asettui varovasti Eevan viereen ja rapsutti syliinsä kivunnutta Antikristusta, joka nuuhki Filiuksen olkapäätä ja haukahti. Filiuksen kädessään pitelemä puhelin päästi iloisen kilahduksen. Eeva ei enää tiennyt mitä ajatella.

"Kuule, siitä tinderistä… ", Eeva aloitti hänen aivonsa löytäessä yhden konkreettisen hänen mieleensä painuneen huolenaiheen, joka ei liittynyt maailman olemassaoloon.

"Hei, löysin profiilisi @Filiusofficial suurimmassa nosteessa olevien tilien listalta, ja me etsimme juuri kaltaisiasi uusia nousevia vaikuttajanimiä mukaan ensi syksyn eduskuntavaalikampanjaamme. Miten olisi, kiinnostaisiko sinua lähteä mukaan muuttamaan maailmaa?", Filius luki puhelimesta ja katsoi Eevaa kysyvästi.

"Vastaa siihen ei."

"Mikä on profiili?"

"Ei."

"Olenko minä vaikuttajanimi?"

"Laita se pois."

"Liittyykö se jotenkin korviin?"

Eeva huokasi syvään.

"Laitan tähän tällaisen nyrkin"

"Älä."

"Josta törröttää peukalo."

"Ei"

"Oili kertoi, että se käy vastaukseksi kaikkiin asioihin, joita en ymmärrä", Filius selitti Eevalle.

Puhelin päästi uuden pingahtavan äänen. Eeva hieroi ohimoitaan. Filiuksen tuhatvuotinen valtakunta tästä vielä puuttuisi.

Kiitokset

Kiitokset sinulle lukija. Tämä kirja on kirjoitettu sinulle.

Lisäksi siltä varalta, että eräät lahjakkaat kirjoittajaystäväni eivät ole ehtineet lukea koko kirjaa vaan ovat siirtyneet suoraan lopputeksteihin, haluan esittää jo etukäteen erityiset kiitokset PeMiKaKaPaTaSo ry:n jäsenille, eli Tapsulle, Miksulle ja Saaralle. Teillä on ollut valtava positiivinen vaikutus sekä allekirjoittaneen mielenterveyteen, että tämän kirjan valmistumiseen. Lisäksi kiitokset maanantaisin kokoontuville keskiviikkokirjoittajille rohkaisevista ja hyödyllisistä kommenteistanne.

Ja tietysti kiitokset koirilleni Pöpölle ja Lululle vankkumattomasta tuesta sekä siliteltävistä koiranvatsoista. Te olette parhaita.